AT THE CIRCUS

Bilingual Edition

Alexander Kuprin
Translated by Lise Brody

Russian Life
BOOKS

ISBN 978-1-880100-75-2

Russian Information Services, Inc.
PO Box 567
Montpelier, VT 05601-0567
www.russianlife.com
orders@russianlife.com
phone 800-639-4301

At the Circus

Originally published in 1901 in Russian as

В Цирке

1

ДО́КТОР ЛУХОВИ́ЦЫН, счита́вшийся постоя́нным врачо́м при ци́рке, веле́л Арбу́зову разде́ться. Несмотря́ на свой горб, а мо́жет быть, и́менно вследствие э́того недоста́тка, до́ктор пита́л к цирковы́м зре́лищам о́струю и не́сколько смешну́ю для челове́ка его́ во́зраста любо́вь. Пра́вда, к его́ медици́нской по́мощи прибега́ли в ци́рке о́чень ре́дко, потому́ что в э́том ми́ре ле́чат уши́бы, выво́дят из о́бморочного состоя́ния и вправля́ют вы́вихи свои́ми со́бственными сре́дствами, передаю́щимися неизме́нно из поколе́ния в поколе́ние, вероя́тно, со времён Олимпи́йских игр. Это, одна́ко, не меша́ло ему́ не пропуска́ть ни одного́ вече́рнего представле́ния, знать бли́зко всех выдаю́щихся нае́здников, акроба́тов и жонглёров и щеголя́ть в разгово́рах слове́чками, вы́хваченными из лексико́на цирково́й аре́ны и коню́шни.

Но из всех люде́й, прича́стных ци́рку, атле́ты и профе́ссиона́льные борцы́ вызыва́ли у до́ктора Лухови́цына осо́бенное восхище́ние, достига́вшее разме́ров настоя́щей стра́сти. Поэ́тому, когда́ Арбу́зов, освободи́вшись от крахма́леной соро́чки и сняв

1

DR. LUKHOVITSYN, THE circus's regular physician, told Arbuzov to undress. Despite his hump, or perhaps because of it, the doctor loved the circus with an intensity somewhat laughable in a man of his age. True, the circus people rarely turned to him for his expertise. In that world, injuries are treated, people revived from unconsciousness, and dislocations fixed by methods handed down from generation to generation, probably since the time of the first Olympic games. This, however, did not deter him from attending every evening performance, from being closely acquainted with all of the leading riders, acrobats and jugglers, or from sprinkling his speech with terms he had picked up in the ring and the stables.

But of all the circus people, it was the athletes and fighters who aroused Dr. Lukhovitsyn's especial admiration – indeed, his passion. So when Arbuzov, having removed his starched shirt and the knitted jersey worn by all circus people, stood stripped to the waist before him, the little doctor went so far as to rub his hands

вязаную фуфайку, которую обязательно носят все цирковые, остался голым до пояса, маленький доктор от удовольствия даже потёр ладонь о ладонь, обходя атлета со всех сторон и любуясь его огромным, выхоленным, блестящим, бледно-розовым телом с резко выступающими буграми твёрдых, как дерево, мускулов.

– И чёрт же вас возьми, какая силища! – говорил он, тиская изо всех сил своими тонкими, цепкими пальцами попеременно то одно, то другое плечо Арбузова. – Это уж что-то даже не человеческое, а лошадиное, ей-богу. На вашем теле хоть сейчас лекцию по анатомии читай – и атласа никакого не нужно. Ну-ка, дружок, согните-ка руку в локте.

Атлет вздохнул и, сонно покосившись на свою левую руку, согнул её, отчего выше сгиба под тонкой кожей, надувая и растягивая её, вырос и прокатился к плечу большой и упругий шар, величиной с детскую голову. В то же время всё обнажённое тело Арбузова от прикосновения холодных пальцев доктора вдруг покрылось мелкими и жёсткими пупырышками.

– Да, батенька, уж подлинно наделил вас господь, – продолжал восторгаться доктор. – Видите эти вот шары? Они у нас в анатомии называются бицепсами, то есть двухглавыми. А это – так называемые супинаторы и пронаторы. Поверните кулак, как будто вы отворяете ключом замок. Так, так, прекрасно. Видите, как они ходят? А это – слышите, я нащупываю на плече? Это – дельтовидные мышцы. Они у вас точно полковничьи эполеты. Ах, и сильный же вы человечина! Что, если вы кого-нибудь этак... нечаянно? А? Или, если с вами этак... в тёмном месте встретиться? А? Я думаю, не приведи бог! Хе-хе-хе! Ну-с, итак, значит, мы жалуемся на плохой сон и на лёгкую общую слабость?

with pleasure, circling the athlete and gazing from all sides at his enormous, well groomed, gleaming, pale pink torso and the sharply defined bulges of his rock-hard muscles.

"God, what strength!" he said, squeezing Arbuzov's shoulders one after the other as hard as he could with thin, strong fingers. "It's not even human. It's the strength of a horse, by God. I could teach an anatomy lesson on your body, no textbook needed. Bend your arm at the elbow, my friend."

The athlete sighed and, looking sleepily at his left arm, bent it, causing a sphere the size of a child's head to roll towards his shoulder, stretching and inflating the thin skin. At the touch of the doctor's cold fingers, Arbuzov's naked body broke all at once into fine goose bumps.

"Yes, my friend, God was good to you," the doctor went on, rapturous. "You see these globes? The anatomical term for these is biceps – two-headed. And these are supinators and pronators. Twist your fist as though you were turning a key in a lock. That's it. Beautiful. See how they move? And this – do you feel where I'm touching your shoulder? These are your deltoids. They're like a colonel's epaulets on you. Ah, you're a strong specimen of a man. What if you were to… accidentally… you know… someone…? Or if a person ran into you… in a dark place…? God forbid, is what I think. Ha-ha-ha. So, then. You say you're sleeping poorly and feeling a little weak?"

Атле́т всё вре́мя улыба́лся засте́нчиво и снисходи́тельно. Хотя́ он уже́ давно́ привы́к пока́зываться полуобнажённым пе́ред оде́тыми людьми́, но в прису́тствии тщеду́шного до́ктора ему́ бы́ло нело́вко, почти́ сты́дно, за своё большо́е, мускули́стое, си́льное те́ло.

– Бою́сь, до́ктор, не простуди́лся ли, – сказа́л он то́нким, сла́бым и немно́го си́плым го́лосом, совсе́м не иду́щим к его́ масси́вной фигу́ре. – Гла́вное де́ло – убо́рные у нас безобра́зные, везде́ ду́ет. Во вре́мя но́мера, са́ми зна́ете, вспоте́ешь, а переодева́ться прихо́дится на сквозняке́. Так и прохва́тывает.

– Голова́ не боли́т? Не ка́шляете ли?

– Нет, ка́шлять не ка́шляю, а голова́, – Арбу́зов потёр ладо́нью ни́зко остри́женный заты́лок, – голова́ пра́вда что–то не в поря́дке. Не боли́т, а так... бу́дто тя́жесть кака́я–то... И вот ещё сплю пло́хо. Осо́бенно снача́ла. Зна́ете, засыпа́ю–засыпа́ю, и вдруг меня́ то́чно что–то подбро́сит на крова́ти; то́чно, понима́ете, я чего́–то испуга́лся. Да́же се́рдце заколо́тится от испу́га. И э́так ра́за три–четы́ре: всё просыпа́юсь. А у́тром голова́ и вообще́... ки́сло как–то себя́ чу́вствую.

– Кровь но́сом не идёт ли?

– Быва́ет иногда́, до́ктор.

– Мн–да–с. Так–с... – значи́тельно протяну́л Лухови́цын и, подня́в бро́ви, то́тчас же опусти́л их. – Должно́ быть, мно́го упражня́етесь после́днее вре́мя? Устаёте?

– Мно́го, до́ктор. Ведь ма́сленица тепе́рь, так ка́ждый день прихо́дится с тя́жестями рабо́тать. А иногда́, с у́тренними представле́ниями, и по два ра́за в день. Да ещё че́рез день, кро́ме обыкнове́нного но́мера, прихо́дится боро́ться... Коне́чно, уста́нешь немно́го...

While the doctor spoke, the athlete smiled with shy tolerance. Although he was long accustomed to appearing semi-nude before clothed audiences, in the presence of the feeble doctor he felt awkward, almost ashamed of his big, muscular body.

"I'm afraid I may have come down with something, doctor," he said in a thin, weak, and slightly hoarse voice that belied his massive figure. "The problem is, our dressing rooms are terrible – drafts everywhere. On stage, you know, you work up a sweat, and then you have to change in the chill. It cuts right through you."

"No headache? Cough?"

"No, no cough, but my head—" Arbuzov rubbed his close-cropped head with his palm. "Something's not right with my head. It doesn't hurt, but... it's heavy somehow... And I sleep badly. Especially at first. I begin to drift off, you know, and suddenly something jolts me up in bed. As if I were scared. My heart even pounds from fright. It happens like that three or four times a night – I keep waking up. And in the morning, my head... I just feel lousy, somehow."

"You don't have nosebleeds, do you?"

"Sometimes I do, doctor."

"Mmm... yes... Well..." Lukhovitsyn muttered significantly, raised his brows, then lowered them. "You must be working out a good deal lately. Are you tired?"

"It's a lot, doctor. It's carnival time now, and I have to do the weightlifting act every day. Twice when there's a matinee. And every other day, besides the usual show, I have to fight... Of course, you get a little tired."

– Так, так, так, – втягивая в себя воздух и тряся головой, поддакивал доктор. – А вот мы вас сейчас послушаем. Раздвиньте руки в стороны. Прекрасно. Дышите теперь. Спокойно, спокойно. Дышите… глубже… ровней…

Маленький доктор, едва доставая до груди Арбузова, приложил к ней стетоскоп и стал выслушивать. Испуганно глядя доктору в затылок, Арбузов шумно вдыхал воздух и выпускал его изо рта, сделав губы трубочкой, чтобы не дышать на ровный глянцевитый пробор докторских волос.

Выслушав и выстукав пациента, доктор присел на угол письменного стола, положив ногу на ногу и обхватив руками острые колени. Его птичье, выдавшееся вперёд лицо, широкое в скулах и острое к подбородку, стало серьёзным, почти строгим. Подумав с минуту, он заговорил, глядя мимо плеча Арбузова на шкап с книгами:

– Опасного, дружочек, я у вас ничего не нахожу, хотя эти перебои сердца и кровотечение из носа можно, пожалуй, считать деликатными предостережениями с того света. Видите ли, у вас есть некоторая склонность к гипертрофии сердца. Гипертрофия сердца – это, как бы вам сказать, это такая болезнь, которой подвержены все люди, занимающиеся усиленной мускульной работой: кузнецы, матросы, гимнасты и так далее. Стенки сердца у них от постоянного и чрезмерного напряжения необыкновенно расширяются, и получается то, что мы в медицине называем "cor bovinum", то есть бычачье сердце. Такое сердце в один прекрасный день отказывается работать, с ним делается паралич, и тогда – баста, представление окончено. Вы не беспокойтесь, вам до этого неприятного момента очень далеко, но на всякий случай

"Yes, yes," the doctor assented, drawing in air and shaking his head. "Let's have a listen to you. Open your arms. Excellent. Now breathe. Easy, easy. Breathe… deeper… more evenly…"

The small doctor, reaching to apply his stethoscope to Arbuzov's chest, stood and listened. Looking down at his head in alarm, Arbuzov breathed in loudly and released the air through his mouth, pursing his lips to avoid ruffling the smooth, glossy expanse of the doctor's hair.

After listening to his patient and tapping on him here and there, the doctor seated himself on the corner of his desk, crossed his legs, and clasped his sharp knees in his hands. His birdlike face, with its broad cheek bones and narrow chin, grew serious, almost stern. After a moment's thought he spoke, gazing past Arbuzov's shoulder at the bookshelves.

"I don't find anything dangerous, my friend – although these palpitations and nosebleeds could, perhaps, be taken as gentle warnings from the next world. You see, you are somewhat disposed to cardiac hypertrophy. Hypertrophy – how to explain it – is a condition that anyone who engages in intense physical labor is susceptible to: blacksmiths, sailors, gymnasts, etc. The walls of the heart expand to unusual size from constant, excessive stress, resulting in what we call *cor bovinum*. One fine day that heart refuses to work. It becomes paralyzed, and *basta* – show's over. Don't be alarmed – you still have a long way to go before that unpleasant moment arrives, but just in case, I advise you to

посове́тую: не пить ко́фе, кре́пкого ча́ю, спиртны́х напи́тков и про́чих возбужда́ющих веще́й. Понима́ете? – спроси́л Лухови́цын, слегка́ бараба́ня па́льцами по столу́ и исподло́бья взгля́дывая на Арбу́зова.

– Понима́ю, до́ктор.

– И в остально́м рекоменду́ется тако́е же воздержа́ние. Вы, коне́чно, понима́ете, про что я говорю́?

Атле́т, кото́рый в э́то вре́мя застёгивал за́понки у руба́шки, покрасне́л и смущённо улыбну́лся.

– Понима́ю... но ведь вы зна́ете, до́ктор, что в на́шей профе́ссии и без того́ прихо́дится быть уме́ренным. Да, по пра́вде, и ду́мать–то об э́том не́когда.

– И прекра́сно, дружо́чек. Зате́м отдохни́те денёк–друго́й, а то и бо́льше, е́сли мо́жете. Вы сего́дня, ка́жется, с Ребе́ром бо́ретесь? Постара́йтесь отложи́ть борьбу́ на друго́й раз. Нельзя́? Ну, скажи́те, что нездоро́вится, и всё тут. А я вам пря́мо запреща́ю, слы́шите? Покажи́те–ка язы́к. Ну вот, и язы́к скве́рный. Ведь сла́бо себя́ чу́вствуете, дружо́чек? Э! Да говори́те пря́мо. Я вас всё равно́ никому́ не вы́дам, так како́го же чёрта вы мнётесь! Попы́ и доктора́ за то и де́ньги беру́т, чтобы храни́ть чужи́е секре́ты. Ведь совсе́м пло́хо? Да?

Арбу́зов призна́лся, что и в са́мом де́ле чу́вствует себя́ нехорошо́. Времена́ми нахо́дит сла́бость и то́чно лень кака́я–то, аппети́та нет, по вечера́м зноби́т. Вот е́сли бы до́ктор прописа́л каки́х–нибудь ка́пель?

– Нет, дружо́чек, как хоти́те, а боро́ться вам нельзя́, – реши́тельно сказа́л до́ктор, соска́кивая со стола́. – Я в э́том де́ле, как вам изве́стно, не новичо́к, и всем борца́м, кото́рых мне приходи́лось знать, я всегда́ говори́л одно́: пе́ред состяза́нием соблюда́йте

avoid coffee, strong tea, liquor and other stimulants. Do you understand?" Lukhovitsyn lightly drummed his fingers on the desk and looked at Arbuzov from beneath his brows.

"I understand, doctor."

"And I recommend similar restraint in everything else. You understand, of course, what I mean?"

The athlete, fastening his cuff-links, reddened and smiled with embarrassment.

"Yes… but you know, doctor, in our line of work, there's no danger of that anyway. We don't even have time to think about things like that."

"Well, good, my friend. Also, rest for a day or two – more if you can. You fight Reber today, I believe? See if you can reschedule the match for another time. Impossible? Well, say that you're ill, and that's that. I forbid it, do you hear? Show me your tongue. There, you see, your tongue looks rotten. You feel weak, my friend? Aha. Tell me straight. I won't tell anybody – what are you worried about? That's what priests and doctors get paid for: to keep other people's secrets. So – you feel terrible? Yes?"

Arbuzov confessed that he did, in fact, feel quite unwell. At times he was overcome by weakness and a kind of fatigue. He had no appetite. In the evenings he suffered from chills. Perhaps the doctor could prescribe some medicine?

"No, my friend. Do what you like, but you must not fight," said the doctor resolutely, jumping down from the table. "As you know, I am not new to this business. I have said the same thing to all the fighters I have ever known: before a match, follow these four rules: first, get a good night's sleep. Second,

четыре правила: первое – накануне нужно хорошо выспаться, второе – днём вкусно и питательно пообедать, но при этом – третье – выступать на борьбу с пустым желудком, и, наконец, четвёртое – это уже психология – ни на минуту не терять уверенности в победе. Спрашивается, как же вы будете состязаться, если вы с утра обретаетесь в такой мехлюзии? Вы извините меня за нескромный вопрос... я ведь человек свой... у вас борьба не того?.. Не фиктивная? То есть заранее не условлено, кто кого и в какое состязание положит?

– О нет, доктор, что вы... Мы с Ребером уже давно гонялись по всей Европе друг за другом. Даже и залог настоящий, а не для приманки. И он и я внесли по сто рублей в третьи руки.

– Всё–таки я не вижу резона, почему нельзя отложить состязание на будущее время.

– Наоборот, доктор, очень важные резоны. Да вы посудите сами. У нас борьба состоит из трёх состязаний. Положим, первое взял Ребер, второе – я, третье, значит, остаётся решающим. Но уж мы настолько хорошо узнали друг друга, что можно безошибочно сказать, за кем будет третья борьба, и тогда – если я не уверен в своих силах – что мне мешает заболеть или захромать и так далее и взять свои деньги обратно? Тогда выходит, для чего же Ребер боролся первые два раза? Для своего удовольствия? Вот на этот случай, доктор, мы и заключаем между собой условие, по которому тот, кто в день решительной борьбы окажется больным, считается всё равно проигравшим, и деньги его пропадают.

– Да–с, это дело скверное, – сказал доктор и опять значительно поднял и опустил брови. – Ну, что же, дружочек, чёрт с ними, с этими ста рублями?

eat well the day of the match, but – third – fight on an empty stomach, and finally, fourth – this is psychology – never for a moment lose absolute confidence in victory. Now, how are you going to fight in a state like this? Forgive me for asking a sensitive question… I'm a circus man, you know… the fight isn't…you know? It's not fixed? That is, it's not prearranged, who will take out whom in the match?"

"Oh, no, doctor! What are you saying?… Reber and I have chased each other across Europe for a long time now. Even the wager is real, it's not a publicity stunt. We've each put in 100 rubles."

"Even so, I don't see why you can't postpone the match."

"Oh, no, doctor. There are very important reasons. Think about it. The fight is in three bouts. Say Reber won the first and I won the second. That makes the third bout the deciding one. But by that time we know each other so well that maybe we can already tell who will be the winner, and then – if I'm not confident in my abilities, what's to prevent me from falling ill or being injured, or something of that sort, and getting my money back? Then what did Reber fight the first two bouts for? For fun? In case of that, doctor, we have an agreement that if either of us is ill on the day of the deciding bout, he is the loser and he forfeits his money."

"Yes… it's a rotten business," said the doctor, and again raised and lowered his eyebrows meaningfully. "Well, what of it, my friend? To hell with those hundred rubles!"

– С двумяста́ми, до́ктор, – попра́вил Арбу́зов, – по контра́кту с дире́кцией я плачу́ неусто́йку в сто рубле́й, е́сли откажу́сь в са́мый день представле́ния, хотя́ бы по боле́зни, от рабо́ты.

– Ну, чёрт... ну, две́сти! – рассерди́лся до́ктор. – Я бы на ва́шем ме́сте всё равно́ отказа́лся... Чёрт с ни́ми, пуска́й пропада́ют, своё здоро́вье доро́же. Да наконе́ц, дружо́чек, вы и так риску́ете потеря́ть ваш зало́г, е́сли бу́дете больно́й боро́ться с таки́м опа́сным проти́вником, как э́тот америка́нец.

Арбу́зов самоуве́ренно мотну́л голово́й, и его́ кру́пные гу́бы сложи́лись в презри́тельную усме́шку.

– Э, пустяки́, – урони́л он пренебрежи́тельно, – в Ребе́ре всего́ шесть пудо́в ве́су, и он едва́ достаёт мне под подборо́док. Уви́дите, что я его́ че́рез три мину́ты положу́ на о́бе лопа́тки. Я бы его́ бро́сил и во второ́й борьбе́, е́сли бы он не прижа́л меня́ к барье́ру. Со́бственно говоря́, со стороны́ жюри́ бы́ло сви́нством засчита́ть таку́ю по́длую борьбу́. Да́же пу́блика и та протестова́ла.

До́ктор улыбну́лся чуть заме́тной лука́вой улы́бкой. Постоя́нно ста́лкиваясь с цирково́й жи́знью, он уже́ давно́ изучи́л э́ту непоколеби́мую и хвастли́вую самоуве́ренность всех профессиона́льных борцо́в, атле́тов и боксёров и их накло́нность сва́ливать своё пораже́ние на каки́е–нибудь случа́йные причи́ны. Отпуска́я Арбу́зова, он прописа́л ему́ бром, кото́рый веле́л приня́ть за час до состяза́ния, и, дру́жески похло́пав атле́та по широ́кой спине́, пожела́л ему́ побе́ды.

"Two hundred, doctor," Arbuzov corrected him. "It's in my contract with the director that I forfeit a hundred rubles if I don't work on the day of a show, whether I'm ill or not."

"Well, two hundred, damn it!" The doctor grew angry. "If I were you I would cancel anyway... To hell with the money, let it go. Your health is worth more. And in the end, you risk losing your money all the same if you fight an opponent as dangerous as this American when you're ill."

Arbuzov shook his head confidently, and his thick lips formed a disdainful smile.

"Nonsense," he said with scorn. "Reber only weighs six pood.[1] He barely reaches my chin. I'll lay him on his back inside three minutes, you'll see. I would have thrown him in the second bout, if he hadn't pinned me against the ropes. To tell the truth, as far as the jury was concerned, it was a disgrace that dirty fight even counted. The audience even protested."

The doctor's sly smile was barely perceptible. Long acquaintance with circus life had made him familiar with the unshakeable, boastful certitude of all professional fighters, and with their tendency to blame their defeats on various chance circumstances. He prescribed Arbuzov a bromide, which he instructed him to take an hour before the match, and, clapping the athlete on his wide back, he wished him victory.

---

1. A pood is equivalent to 16.38 kilograms. Six pood is therefore about 100 kg, or 215 pounds.

2

АРБУ́ЗОВ ВЫ́ШЕЛ НА У́ЛИЦУ. Был после́дний день ма́сленой неде́ли, кото́рая в э́том году́ пришла́сь по́здно. Холода́ ещё не сда́ли, но в во́здухе уже́ слы́шался неопределённый, то́нкий, ра́достно щеко́чущий грудь за́пах весны́. По нае́зженному гря́зному сне́гу бесшу́мно несли́сь в противополо́жных направле́ниях две верени́цы сане́й и каре́т, и о́крики кучеро́в раздава́лись с осо́бенно я́сной и мя́гкой зву́чностью. На перекрёстках продава́ли мочёные я́блоки в бе́лых но́вых уша́тах, халву́, похо́жую цве́том на у́личный снег, и возду́шные шары́. Э́ти шары́ бы́ли видны́ издалека́. Разноцве́тными блестя́щими гро́здьями они́ подыма́лись и пла́вали над голова́ми прохо́жих, запруди́вших чёрным кипя́щим пото́ком тротуа́ры, и в их движе́ниях – то стреми́тельных, то лени́вых – бы́ло что–то весе́ннее и де́тски ра́достное.

У до́ктора Арбу́зов чу́вствовал себя́ почти́ здоро́вым, но на све́жем во́здухе им опя́ть овладе́ли томи́тельные ощуще́ния боле́зни. Голова́ каза́лась большо́й, отяжеле́вшей и то́чно пусто́й, и ка́ждый шаг отзыва́лся в ней неприя́тным гу́лом. В пересо́хшем

2

ARBUZOV WENT OUTSIDE. It was the last day of carnival week – Lent came late this year – and still cold, but there was an uncertain hint, joyous and subtle, of spring in the air. Two lines of sledges and carriages sped silently in either direction over the trampled, dirty snow, and the coachmen's cries rang out unusually clear and soft. On the corners, people sold candied apples in new white tubs, halvah the color of the snow in the street, and balloons. The balloons, visible from afar, swam in shining multi-colored clusters above the boiling black river of pedestrians that swarmed the sidewalks. Even the people's movements, alternately hurried and lazy, spoke somehow of spring and childhood joy.

In the doctor's office, Arbuzov had felt almost well, but outside he was again overcome by a feeling of weariness and illness. His head seemed enormous, both heavy and empty, and the sound of his own steps thundered unpleasantly inside it. There was a taste of burning in his dry mouth, his eyes ached dully as if someone

рту опя́ть слы́шался вкус га́ри, в глаза́х была́ тупа́я боль, как бу́дто кто-то нада́вливал на них снару́жи па́льцами, а когда́ Арбу́зов переводи́л глаза́ с предме́та на предме́т, то вме́сте с э́тим по сне́гу, по дома́м и по не́бу дви́гались два больши́е жёлтые пятна́.

У перекрёстка на кру́глом столбе́ Арбу́зову ки́нулась в глаза́ его́ со́бственная фами́лия, напеча́танная кру́пными бу́квами. Машина́льно он подошёл к столбу́. Среди́ пёстрых афи́ш, объявля́вших о пра́здничных развлече́ниях, под обы́чной кра́сной цирково́й афи́шей был прикле́ен отде́льный зелёный аншла́г, и Арбу́зов равноду́шно, то́чно во сне, прочита́л его́ с нача́ла до конца́:

ЦИРК БР. ДЮВЕРНУА́.

СЕГО́ДНЯ СОСТО́ИТСЯ 3-я РЕШИ́ТЕЛЬНАЯ БОРЬБА́

ПО РИ́МСКО-ФРАНЦУ́ЗСКИМ ПРА́ВИЛАМ

МЕ́ЖДУ ИЗВЕ́СТНЫМ АМЕРИКА́НСКИМ ЧЕМПИО́НОМ

г.ДЖО́НОМ РЕБЕ́РОМ

И ЗНАМЕНИ́ТЫМ РУ́ССКИМ БОРЦО́М И ГЕРКУЛЕ́СОМ

г.АРБУ́ЗОВЫМ

НА ПРИЗ В 100 РУБ. ПОДРО́БНОСТИ В АФИ́ШАХ.

У столба́ останови́лись дво́е мастеровы́х, су́дя по запа́чканным ко́потью ли́цам, слесаре́й, и оди́н из них стал чита́ть объявле́ние о борьбе́ вслух, коверкая слова́. Арбу́зов услы́шал свою́ фами́лию, и она́ прозвуча́ла для него́ бле́дным, обо́рванным, чу́ждым, потеря́вшим вся́кий смысл зву́ком, как э́то быва́ет иногда́, е́сли до́лго повторя́ешь подря́д одно́ и то же сло́во. Мастеровы́е узна́ли атле́та. Оди́н из них толкну́л това́рища локтём и почти́тельно посторони́лся. Арбу́зов серди́то отверну́лся и, засу́нув ру́ки в карма́ны пальто́, пошёл да́льше.

were pressing on them with their fingers, and when he moved his gaze from one object to another, two large yellow spots moved with it, marring the snow, houses, and sky.

On a post at the corner, Arbuzov's eye was caught by his own name in large print. He went up to it mechanically. Amidst the clutter of announcements for various holiday entertainments, beneath an ordinary red circus poster, was taped a separate notice, in green. Arbuzov read through it indifferently, as if in a dream:

The Duvernois Brothers Circus
TODAY
Franco-Roman Style Wrestling
The Third and Deciding Bout
Celebrated American Champion John Reber
vs.
Celebrated Russian Wrestler and Strong Man Arbuzov
Prize: 100 Rubles
See Poster for Details

Two workmen – smiths, by their sooty faces – stopped at the pillar, and one of them read the announcement aloud with mispronunciations. Arbuzov heard his own name, and it sounded pale, ragged, alien – meaningless as a word repeated over and over. The men recognized him. One nudged the other with his elbow and moved aside deferentially. Arbuzov turned angrily away and walked on, his hands thrust in his pockets.

В цирке уже́ отошло́ дневно́е представле́ние. Так как свет проника́л на аре́ну то́лько че́рез стекля́нное, зава́ленное сне́гом окно́ в ку́поле, то в полумра́ке цирк каза́лся огро́мным, пусты́м и холо́дным сара́ем.

Войдя́ с у́лицы, Арбу́зов с трудо́м различа́л сту́лья пе́рвого ря́да, ба́рхат на барье́рах и на кана́тах, отделя́ющих прохо́ды, позоло́ту на бока́х лож и бе́лые столбы́ с приби́тыми к ним щита́ми, изобража́ющими лошади́ные мо́рды, кло́унские ма́ски и каки́е-то вензеля́. Амфитеа́тр и галере́я тону́ли в темноте́. Вверху́, под ку́полом, подтя́нутые на бло́ках, хо́лодно поблё́скивали ста́лью и ни́келем гимнасти́ческие маши́ны: ле́стницы, ко́льца, турники́ и трапе́ции.

На аре́не, припа́в к по́лу, бара́хтались два челове́ка. Арбу́зов до́лго всма́тривался в них, щу́ря глаза́, пока́ не узна́л своего́ проти́вника, америка́нского борца́, кото́рый, как и всегда́ по утра́м, трениро́вался в борьбе́ с одни́м из свои́х помо́щников, то́же америка́нцем, Га́рваном. На жарго́не профессиона́льных атле́тов таки́х помо́щников называ́ют "волка́ми" или "соба́чками". Разъезжа́я по всем стра́нам и города́м вме́сте с знамени́тым борцо́м, они́ помога́ют ему́ в ежедне́вной трениро́вке, забо́тятся об его́ гардеро́бе, е́сли ему́ не сопу́тствует в пое́здке жена́, растира́ют, по́сле обы́чной у́тренней ва́нны и холо́дного ду́ша, жё́сткими рукави́цами его́ му́скулы и вообще́ ока́зывают ему́ мно́жество ме́лких услу́г, относя́щихся непосре́дственно к его́ профе́ссии. Так как в "во́лки" иду́т и́ли молоды́е, неуве́ренные в себе́ атле́ты, ещё не овладе́вшие ра́зными секре́тами и не вы́работавшие приё́мов, и́ли ста́рые, но посре́дственные борцы́, то они́ ре́дко оде́рживают побе́ды в состяза́ниях на призы́. Но пе́ред ма́тчем с серьё́зным борцо́м профе́ссор непреме́нно снача́ла вы́пустит на него́ свои́х

At the circus the matinee was over. Only thin light penetrated through the snow-blocked glass window in the dome, and in the semi-darkness the ring was like a huge, cold, empty barn.

Coming in from the street, Arbuzov made out with difficulty the first rows of seats, the velvet of the barriers and ropes leading to the exits, the gilding on the sides of the boxes, and the white pillars hung with shields bearing depictions of horses' faces, clowns' masks, and various insignia. The orchestra and balconies were lost in shadow. High up beneath the dome, raised on pulleys, the ladders, rings, bars and trapezes gleamed coldly with nickel and steel.

On the floor of the ring, two men struggled. Arbuzov watched, squinting, for a long while before he recognized his opponent, the American wrestler, practicing, as he did every day, with one of his assistants, Garvan, also an American. In wrestling jargon, these assistants are known as wolves, or dogs. They accompany every well-known wrestler on his travels, assisting with his daily training, caring for his wardrobe if his wife is not along, rubbing down his muscles after his daily bath and cold shower, and generally providing a multitude of small services directly associated with his profession. Since wolves are usually either young athletes, still unsure of themselves, who have not yet mastered the various secrets and worked out strategies, or older, second-rate wrestlers, they rarely win prize-fights. But before a match with any serious opponent, a professional always pits his "dogs" against his adversary in order to assess the latter's weaknesses, most frequent mistakes and main advantages. Reber had

"собачек", чтобы, следя за борьбой, уловить слабые стороны и привычные промахи своего будущего противника и оценить его преимущества, которых следует остерегаться. Ребер уже спускал на Арбузова одного из своих помощников – англичанина Симпсона, второстепенного борца, сырого и неповоротливого, но известного среди атлетов чудовищной силой грифа, то есть кистей и пальцев рук. Борьба велась без приза, по просьбе дирекции, и Арбузов два раза бросал англичанина, почти шутя, редкими и эффектными трюками, которые он не рискнул бы употребить в состязании с мало–мальски опасным борцом. Ребер уже тогда отметил про себя главные недостатки и преимущества Арбузова: тяжёлый вес и большой рост при страшной мускульной силе рук и ног, смелость и решительность в приёмах, а также пластическую красоту движений, всегда подкупающую симпатии публики, но в то же время сравнительно слабые кисти рук и шею, короткое дыхание и чрезмерную горячность. И он тогда же решил, что с таким противником надо держаться системы обороны, обессиливая и разгорячая его до тех пор, пока он не выдохнется; избегать охватов спереди и сзади, от которых трудно будет защищаться, и главное – суметь выдержать первые натиски, в которых этот русский дикарь проявляет действительно чудовищную силу и энергию. Такой системы Ребер и держался в первых двух состязаниях, из которых одно осталось за Арбузовым, а другое за ним.

Привыкнув к полусвету, Арбузов явственно различил обоих атлетов. Они были в серых фуфайках, оставлявших руки голыми, в широких кожаных поясах и в панталонах, прихваченных у щиколоток ремнями. Ребер находился в одном из самых трудных и важных для борьбы положений, которое называется "мостом." Лёжа на земле лицом вверх и касаясь её затылком с одной

already sent one of his assistants to fight Arbuzov – an Englishman named Simpson, a mediocre fighter, raw and clumsy, but known among wrestlers for the monstrous strength of his grip. The fight was not for a prize but at the director's request, and Arbuzov threw Simpson twice almost as a joke, using rare but impressive moves which he would not have risked on an even slightly dangerous opponent. Even so, Reber had been able to detect Arbuzov's principal strengths and weaknesses: his great weight and height, the powerful muscular strength of his legs and arms, his boldness and decisiveness, and the fluid beauty of his movements, which always won him the public's sympathies – but, also, his relatively weak hands, wrists, and neck, his shortness of breath, and his extreme impulsiveness. And Reber had resolved immediately that with this opponent he needed to adopt a defensive strategy: to provoke Arbuzov until he was tired and weakened, to elude front and back holds that would be hard to break, and, above all, to withstand the initial onslaught, during which the Russian savage would exhibit truly terrible strength and energy. Reber had stuck to this strategy during the first two bouts, of which he and Arbuzov had each taken one.

Once his eyes had adjusted to the dimness, Arbuzov could make out both athletes clearly. They wore gray sleeveless jerseys, broad leather belts, and trousers strapped at the ankles. Reber was in a bridge – one of the most difficult and important positions in wrestling. Lying face up, touching the ground with

стороны́, а пя́тками – с друго́й, кру́то вы́гнув спи́ну и подде́рживая равнове́сие рука́ми, кото́рые глубоко́ ушли́ в ты́рсу, он изобража́л таки́м о́бразом из своего́ те́ла живу́ю упру́гую а́рку, ме́жду тем как Га́рван, навали́вшись све́рху на вы́пяченный живо́т и грудь профе́ссора, напряга́л все си́лы, чтобы вы́прямить э́ту вы́гнувшуюся ма́ссу му́скулов, опроки́нуть её, прижа́ть к земле́.

Ка́ждый раз, когда́ Га́рван де́лал но́вый толчо́к, о́ба борца́ с напряже́нием кряхте́ли и с уси́лием, огро́мными вздо́хами, переводи́ли дыха́ние. Больши́е, тяжёлые, со стра́шными, вы́пученными му́скулами го́лых рук и то́чно засты́вшие на полу́ аре́ны в причу́дливых по́зах, они́ напомина́ли при неве́рном полусве́те, разли́том в пусто́м ци́рке, двух чудо́вищных кра́бов, оплётших друг дру́га клешня́ми.

Так как ме́жду атле́тами существу́ет своеобра́зная э́тика, в си́лу кото́рой счита́ется предосуди́тельным гляде́ть на упражне́ния своего́ проти́вника, то Арбу́зов, огиба́я барье́р и де́лая вид, что не замеча́ет борцо́в, прошёл к вы́ходу, веду́щему в убо́рные. В то вре́мя, когда́ он отодвига́л масси́вную кра́сную за́навесь, отделя́ющую мане́ж от коридо́ров, кто-то отодви́нул её с друго́й стороны́, и Арбу́зов уви́дел пе́ред собо́й, под блестя́щим сдви́нутым на́бок цили́ндром, чёрные усы́ и смею́щиеся чёрные глаза́ своего́ большо́го прия́теля, акроба́та Анто́нио Бати́сто.

– Buon giorno, mon cher monsieur Arbousoffff! – воскли́кнул нараспе́в акроба́т, сверка́я бе́лыми, прекра́сными зуба́ми и широко́ разводя́ ру́ки, то́чно жела́я обня́ть Арбу́зова. – Я то́лько чича́с око́нчил мой repetition. Allons done prendre quelque chose. Пойдём что-нибудь себе́ немно́жко взять? Оди́н рю́мок конья́к? О–о, то́лько не слома́й мне ру́ку. Пойдём на буфе́т.

Этого акроба́та люби́ли в ци́рке все, начина́я с дире́ктора и конча́я ко́нюхами. Арти́ст он был исключи́тельный и всесторо́нний:

just the back of his head and his heels, his spine arched sharply, and supporting his weight with his hands, which sank deep in the sand and sawdust that covered the arena floor, he formed a living, elastic arc with his body, while Garvan, leaning down on Reber's raised torso, pushed with all his strength to straighten out the curved mass of muscles and flatten him to the ground.

Each time Garvan pressed, both fighters grunted with the strain and gasped for breath. Big and heavy, with terrible muscles bulging in their bare arms, seemingly frozen on the floor of the ring in their bizarre poses, they looked in the uncertain half-light of the empty circus like grotesque crabs, entwining one another with their claws.

Wrestlers' etiquette forbids watching an opponent practice, so Arbuzov, skirting the barrier, pretended not to notice the fighters as he headed for the exit to the dressing rooms. Just as he moved aside the heavy red curtain that separated the ring from the corridor, someone pushed it back from the other side and Arbuzov beheld, beneath a gleaming top hat, the black whiskers and laughing black eyes of his good friend Antonio Batisto, the acrobat.

"Buon giornio, mon cher monsieur Arbousoffff!" Antonio sang, flashing brilliant white teeth and spreading his arms wide as if to embrace him. "I am only just finished my *repetition. Allons done prendre quelque chose.* One little glass of cognac? Ah – don't break my hand. Let's go to the cafeteria."

Everyone in the circus, from the director to the stablemen, loved the acrobat. He was a brilliant and versatile artist: he juggled, worked the trapeze and horizontal bars, trained horses, directed pantomimes, all with equal skill. Most

одина́ково хорошо́ жонгли́ровал, рабо́тал на трапе́ции и на турнике́, подготовля́л лошаде́й вы́сшей шко́лы, ста́вил пантоми́мы и, гла́вное, был неистощи́м в изобрете́нии но́вых "номеро́в", что осо́бенно це́нится в цирково́м ми́ре, где иску́сство, по са́мым свои́м сво́йствам, почти́ не дви́гается вперёд, остава́ясь и тепе́рь чуть ли не в тако́м же ви́де, в како́м оно́ бы́ло при ри́мских це́зарях.

Всё в нём нра́вилось Арбу́зову: весёлый хара́ктер, ще́дрость, утончённая делика́тность, выдаю́щаяся да́же в среде́ цирковы́х арти́стов, кото́рые вне мане́жа – допуска́ющего, по тради́ции, не́которую жёстокость в обраще́нии – отлича́ются обыкнове́нно джентльме́нской ве́жливостью. Несмотря́ на свою́ мо́лодость, он успе́л объе́хать все больши́е города́ Евро́пы и во всех тру́ппах счита́лся наибо́лее жела́тельным и популя́рным това́рищем. Он владе́л одина́ково пло́хо все́ми европе́йскими языка́ми и в разгово́ре постоя́нно переме́шивал их, коверка́я слова́, мо́жет быть, не́сколько умы́шленно, потому́ что в ка́ждом акроба́те всегда́ сиди́т немно́го кло́уна.

– Не зна́ете ли, где дире́ктор? – спроси́л Арбу́зов.

– Il est a l'ecurie. Он ходи́л на коню́шен, смотре́л оди́н больно́й ло́шадь. Mats aliens done. Пойдём немно́жка. Я о́чень име́ю рад вас ви́деть. Мой голю́бушка? – вдруг вопроси́тельно сказа́л Анто́нио, смея́сь сам над свои́м произноше́нием и продева́я ру́ку под ло́коть Арбу́зова. – Карашо́, бу́дьте здоро́вы, самова́р, изво́чик, – скорогово́ркой доба́вил он, ви́дя, что атле́т улыбну́лся.

У буфе́та они́ вы́пили по рю́мке коньяку́ и пожева́ли кусо́чки лимо́на, обмо́кнутого в са́хар. Арбу́зов почу́вствовал, что по́сле вина́ у него́ в животе́ ста́ло снача́ла хо́лодно, а пото́м тепло́ и прия́тно. Но то́тчас же у него́ закружи́лась голова́, и по всему́ те́лу разлила́сь кака́я-то со́нная сла́бость.

important, he was an inexhaustible inventor of new acts – an ability especially valued in the world of the circus arts which, by their very nature, have remained almost unchanged since the days of the Roman emperors.

Arbuzov liked everything about him: his cheerful nature, his generosity, and his delicate refinement, remarkable even among circus performers who – outside the ring, where a certain amount of vulgarity is traditionally accepted – are known for their chivalry. Despite his youth, he had been to all of the great cities of Europe, and was the most popular member of every troupe. He spoke all of the European languages equally badly, and he continually mixed them into his speech, mangling words, perhaps somewhat intentionally: inside every acrobat there is a bit of clown.

"Any idea where the director is?" Arbuzov asked.

"*Il est a l'ecurie.* He is went to the stable to look at a sick horse. *Mats allens done.* Let's gone. I am very glad see you. My dear?" he asked, laughing at his own pronunciation and linking his arm in Arbuzov's. "Axcellent! Bless you! Samovar! Cab-drayver!" He babbled on, seeing the athlete smile.

In the cafeteria they drank a glass of cognac and chewed on slices of lemon soaked in sugar. Arbuzov felt his insides grow cold from the wine, and then pleasantly warm. But then his head began to spin, and a drowsy weakness spread through his body.

– Oh, sans dout, вы бу́дете име́ть une victoire, – одна́ побе́да, – говори́л Анто́нио, бы́стро вертя́ ме́жду па́льцев ле́вой руки́ па́лку и блестя́ из-под чёрных усо́в бе́лыми, ро́вными, кру́пными зуба́ми. – Вы тако́й brave homine, тако́й прекра́сный и си́льный боре́ц. Я знал оди́н замеча́тельный боре́ц – он называ́лся Карл Абс... да, Карл Абс. И он тепе́рь уже́ ist gestorben... он есть у́мер. О, хоть он был не́мец, но он был вели́кий профе́ссор! И он одна́жды сказа́л: францу́зский борьба́ есть одна́ пустячо́к. И хоро́ший боре́ц, ein guter Kampfer, до́лжен име́ть о́чень, о́чень ма́ло: всего́ то́лько си́льный ше́я, как у оди́н бу́йвол, весьма́ кре́пкий спина́, как у носи́льщик, дли́нная рука́ с твёрдым му́скул und ein gewaltiger Griff... Как э́то называ́ется по-ру́сску? (Анто́нио не́сколько раз сжал и разжа́л пе́ред свои́м лицо́м па́льцы пра́вой руки́.) О! Очень си́льный па́льцы. Et puis, то́же необходи́мо име́ть усто́йчивый нога́, как у оди́н монуме́нт, и, коне́чно, са́мый большо́й... как э́то?.. са́мый большо́й тя́жесть в ко́рпус. Если ещё взять здоро́вый се́рдца, les pounions... как э́то по-ру́сску?.. лёгкие, то́чно у ло́шадь, пото́м ещё немно́жко кладнокро́вие и немно́жко сме́лость, и ещё немно́жко savoir les regles de la lutte, знать все пра́вила борьба́, то консе́ консо́в вот и все пустячки́, кото́рые ну́жен для оди́н хоро́ший боре́ц! Ха-ха-ха!

Засмея́вшись свое́й шу́тке, Анто́нио не́жно схвати́л Арбу́зова пове́рх пальто́ под мы́шками, то́чно хоте́л его́ пощекота́ть, и то́тчас же лицо́ его́ сде́лалось серьёзным. В э́том краси́вом, загоре́лом и подви́жном лице́ была́ одна́ удиви́тельная осо́бенность: перестава́я смея́ться, оно́ принима́ло суро́вый и су́мрачный, почти́ траги́ческий хара́ктер, и э́та сме́на выраже́ний наступа́ла так бы́стро и так неожи́данно, что каза́лось, бу́дто у Анто́нио два лица́, – одно́ смею́щееся, друго́е серьёзное, – и что он непоня́тным о́бразом заменя́ет одно́ други́м, по своему́ жела́нию.

"*Oh, sans dout*, you will have a *victoire*," said Antonio, twirling a stick between his fingers and flashing his strong, white, even teeth beneath his black mustache. "You are such a *brave homine*, such a wonderful and strong fighter. I knew an axcellent fighter – his name was Karl Abs... yes, Karl Abs. And now he *ist gestorben...* he is died. Oh, he may have been a German, but he was a professional! He once said, 'The French fight is a nothing. And a good fighter, *ein gutter Kampfer*, must need very, very little: just only a strong neck, like of a buffalo, a solid back, like of a porter, a long arm with a hard muscle *und ein gewaltiger Griff...*' how do you say in Russian?" (Antonio closed and opened the fingers of his right hand several times in front of his face) "O! Very strong fingers. *Et puis*, also he must have a solid leg like of a statue and, of course, the biggest ... how you say?... the biggest heavy body. Also if you have a healthy heart, *les pounions...* how is that... lungs like of a horse, plus some little *sang-froid* and some braveness, and some *savoir les regles de la lute*, knowing all the rules of the game, then in the end, that's all the nothing that you need to be a good fighter! Ha-ha-ha!"

Laughing at his own joke, Antonio gently caught Arbuzov beneath the arms as if to tickle him; then he became serious. His attractive, tanned, mobile face had this peculiarity: when he stopped laughing, it took on a stern, gloomy, almost tragic expression, and the change was so swift and unexpected that it seemed he had two faces, one laughing and one grim, which he switched at will.

– Конечно, Ребер есть опасный соперник... У них в Америке борются comme les bouchers, как мьясники. Я видел борьба в Чикаго и в Нью–Йорке... Пфуй, какая гадость!

Со своими быстрыми итальянскими жестами, поясняющими речь, Антонио стал подробно и занимательно рассказывать об американских борцах. У них считаются дозволенными все те жестокие и опасные трюки, которые безусловно запрещено употреблять на европейских аренах. Там борцы давят друг друга за горло, зажимают противнику рот и нос, охватывая его голову страшным приёмом, называемым железным ошейником – collier de fer, лишают его сознания искусным нажатием на сонные артерии. Там передаются от учителя к ученикам, составляя непроницаемую профессиональную тайну, ужасные секретные приёмы, действие которых не всегда бывает ясно даже для врачей. Обладая знанием таких приёмов, можно, например, лёгким и как будто нечаянным ударом по triceps-у вызвать минутный паралич в руке у противника или не заметным ни для кого движением причинить ему такую нестерпимую боль, которая заставит его забыть о всякой осторожности. Тот же Ребер привлекался недавно к суду за то, что в Лодзи, во время состязания с известным польским атлетом Владиславским, он, захватив его руку через своё плечо приёмом tour de bras, стал её выгибать, несмотря на протесты публики и самого Владиславского, в сторону, противоположную естественному сгибу, и выгибал до тех пор, пока не разорвал ему сухожилий, связывающих плечо с предплечьем. У американцев нет никакого артистического самолюбия, и они борются, имея в виду только один денежный приз. Заветная цель американского атлета – скопить свои пятьдесят тысяч долларов, тотчас же после этого разжиреть, опуститься и открыть где–нибудь в Сан–Франциско

"Of course, Reber is a dangerous opponent… they fight *comme les bouchers* in America. I saw a match in Chicago and in New York… horrible!"

With his quick Italian gestures aiding his speech, Antonio began to give a detailed account of wrestling in America, where brutal, risky moves are allowed that would be banned in any European ring. Fighters choke each other over there; they seize their opponent's head in a terrible grip called the iron collar and block his mouth and nose to suffocate him; they press expertly on his carotid artery, causing him to lose consciousness. Terrible tricks are handed down from teacher to student in dark secrecy, the effects of which are not always apparent even to a doctor. If a fighter knows the right techniques, he can, with a light and apparently accidental tap on the triceps, cause momentary paralysis of his opponent's arm, or, with an imperceptible movement, he can bring about pain so agonizing that his opponent will forget caution altogether. This very Reber had been brought to court for grabbing the famous Polish wrestler Vladislavsky's arm in a *tour de bras* and bending it backwards until his shoulder tendon ripped, despite the protests of the crowd and Vladislavsky himself. The Americans have no artistic pride; when they fight, they have nothing in mind but the cash prize. The American athlete's cherished dream is to save up his five thousand dollars then immediately get fat, let himself go to pot, and open a dive somewhere in San Francisco, where rat

кабачо́к, в кото́ром потихо́ньку от поли́ции процвета́ют тра́вля крыс и са́мые жесто́кие ви́ды америка́нского бо́кса.

Всё э́то, не исключа́я ло́дзинского сканда́ла, бы́ло давно́ изве́стно Арбу́зову, и его́ бо́льше занима́ло не то, что расска́зывал Анто́нио, а свои́ со́бственные, стра́нные и боле́зненные ощуще́ния, к кото́рым он с удивле́нием прислу́шивался. Иногда́ ему́ каза́лось, что лицо́ Анто́нио придвига́ется совсе́м вплотну́ю к его́ лицу́, и ка́ждое сло́во звучи́т так гро́мко и ре́зко, что да́же отдаётся сму́тным гу́лом в его́ голове́, но мину́ту спустя́ Анто́нио начина́л отодвига́ться, уходи́л всё да́льше и да́льше, пока́ его́ лицо́ не станови́лось му́тным и до смешно́го ма́леньким, и тогда́ его́ го́лос раздава́лся ти́хо и сда́вленно, как бу́дто бы он говори́л с Арбу́зовым по телефо́ну и́ли че́рез не́сколько ко́мнат. И всего́ удиви́тельнее бы́ло то, что переме́на э́тих впечатле́ний зави́села от самого́ Арбу́зова и происходи́ла от того́, поддава́лся ли он прия́тной, лени́вой и дремо́тной исто́ме, овладева́вшей им, и́ли стря́хивал её с себя́ уси́лием во́ли.

– О, я не сомнева́юсь, что вы бу́дете его́ броса́ть, mon cher Arbousoff, мой дю́шенька, мой голю́пшик, – говори́л Анто́нио, смея́сь и коверка́я ру́сские ласка́тельные имена́. – Ребе́р c'est un animal, un accapareur. Он есть реме́сленник, как быва́ет оди́н водово́з, оди́н сапо́жник, оди́н... un tailleur, кото́рый шить панталю́н. Он не име́ет себе́ вот тут... dans le coeur... ничего́, никако́й чу́вство и никако́й temperament. Он есть оди́н большо́й гру́бый мьясни́к, а вы есть настоя́щий арти́ст. Вы есть кудо́жник, и я всегда́ име́ю удово́льствие на вас смотре́ть.

В буфе́т бы́стро вошёл дире́ктор, ма́ленький, то́лстый и тонконо́гий челове́к, с по́днятыми вверх плеча́ми, без ше́и, в цили́ндре и распа́хнутой шу́бе, о́чень похо́жий свои́м кру́глым

hunting and the most brutal forms of American boxing can flourish on the down low.

Arbuzov had long known about all of this, including the Lodz brouhaha, and he was less concerned with what Antonio told him than with his own strange sensations, which he noticed with surprise. At times Antonio's face seemed to swim right up against his own, and every word was so loud and piercing it made his head ring, but a moment later Antonio would seem to move away, farther and farther, until he looked blurry and ridiculously tiny, and his voice became faint and thin, as though he were speaking to Arbuzov by telephone, or from another room. And the most surprising thing was that these changes were caused by Arbuzov himself: they seemed to follow his shifts, as he surrendered to the pleasant languor that enveloped him, or made an effort shake it off.

"Oh, I have no doubt that you will throw him, *mon cher Arbousoff*, my dear pigeon," said Antonio, laughing and mangling Russian endearments. "*Reber c'est un animal, un accapareur.* He is a hack, a water carrier, a... *un tailleur* who sews pants. He has nothing here... *dans le coeur...* no feeling, no *temperament.* He is a vulgar butcher, and you – you are a true artist. I always enjoy watching you."

The director walked briskly into the cafeteria. He was a small, fat, thin-legged man, with raised shoulders and no neck, wearing a top hat and a flapping fur coat. With his round bulldog's face, his thick whiskers, and the cruel expression of

бульдо́жьим лицо́м, то́лстыми уса́ми и жёстким выраже́нием брове́й и глаз на портре́т Би́смарка. Анто́нио и Арбу́зов слегка́ притро́нулись к шля́пам. Дире́ктор отве́тил тем же и то́тчас же, то́чно он до́лго возде́рживался и ждал то́лько слу́чая, приня́лся руга́ть рассерди́вшего его́ ко́нюха.

— Мужи́к, ру́сская кана́лья... напои́л по́тную ло́шадь, чёрт его́ побира́й!.. Я бу́ду ходи́ть на мирово́й судья́, и он бу́дет мне присуди́ть три́ста рубле́й штраф с э́того мерза́вца... Я... чёрт его́ побира́й!.. Я пойду́ и бу́ду ему́ разбива́ть мо́рду, я его́ бу́ду стега́ть с мои́м Reitpeitsch! То́чно ухвати́вшись за э́ту мысль, он бы́стро поверну́лся и, семеня́ то́нкими, сла́быми нога́ми, побежа́л в коню́шню. Арбу́зов нагна́л его́ у двере́й.

— Господи́н дире́ктор...

Дире́ктор кру́то останови́лся и с тем же недово́льным лицо́м выжида́тельно засу́нул ру́ки в карма́ны шу́бы.

Арбу́зов стал проси́ть его́ отложи́ть сего́дняшнюю борьбу́ на день и́ли на два. Если дире́ктору уго́дно, он, Арбу́зов, даст за э́то вне заключённых усло́вий два и́ли да́же три вече́рних упражне́ний с ги́рями. Вме́сте с тем не возьмёт ли на я господи́н дире́ктор труд переговори́ть с Ребе́ром относи́тельно переме́ны дня состяза́ния.

Дире́ктор слу́шал атле́та, поверну́вшись к нему́ вполоборо́та и гля́дя ми́мо его́ головы́ в окно́. Убеди́вшись, что Арбу́зов ко́нчил, он перевёл на него́ свои́ жёсткие глаза́, с нави́сшими под ни́ми земли́стыми мешка́ми, и отре́зал ко́ротко и внуши́тельно:

— Сто рубле́й неусто́йки.

— Господи́н дире́ктор...

— Я, чёрт побира́й, сам зна́ю, что я есть господи́н дире́ктор, — переби́л он, закипа́я. — Устра́ивайтесь с Ребе́ром са́ми, э́то не моё де́ло. Моё де́ло — контра́кт, ва́ше де́ло — неусто́йка.

his brows and eyes, he bore a strong resemblance to Bismarck. Antonio and Arbuzov touched their hats. The director answered in kind, and immediately, as though he had been awaiting the first possible opportunity, began to rant against the groom who had caused his pent up rage.

"The clod. The Russian lout... he gave too much water to a sweaty horse, damn him!... I'll take him to small claims court. The judge will make him pay me 300 rubles, the rat... I ... The hell with it.... I'll go punch him in the face, I'll whip him with my *Reitpeitsch!*"

As if seized by that thought, he turned swiftly and, mincing on his spindly legs, hurried toward the stables. Arbuzov caught up with him at the door.

"Sir Director..."

The director stopped abruptly and thrust his hands into his pockets with the same displeased expression.

Arbuzov asked him to postpone the day's fight for a day or two. If the director would like, he would do the weightlifting act two or even three extra times. Would the director take it upon himself to arrange for a change of schedule with Reber ?

The director listened, half turned from Arbuzov, staring past him at the window. When he was satisfied that Arbuzov had finished speaking, he fixed his gaze on him, his eyes cruel above their sallow pouches, and refused curtly.

"A hundred rubles forfeit."

"Sir Director..."

"I know I am Sir Director, damn it," he seethed. "Arrange things with Reber yourself. It's not my business. My business is the contract. Yours is the forfeit."

Он ре́зко поверну́лся спино́й к Арбу́зову и пошёл, ча́сто перебира́я приседа́ющими нога́ми, к дверя́м, но пе́ред ни́ми вдруг останови́лся, оберну́лся и внеза́пно, затря́сшись от зло́сти, с пры́гающими дря́блыми щека́ми, с побагрове́вшим лицо́м, разду́вшейся ше́ей и вы́катившимися глаза́ми, закрича́л, задыха́ясь:

— Чёрт побира́й! У меня́ подыха́ет Фатини́ца, пе́рвая ло́шадь парфо́рсной езды́!.. Ру́сский ко́нюх, сво́лочь, свинья́, ру́сская обезья́на опои́л са́мую лу́чшую ло́шадь, а вы позволя́ете проси́ть ра́зные глу́пости. Чёрт побира́й! Сего́дня после́дний день э́той идио́тской ру́сской ма́сленицы, и у меня́ не хвата́ет да́же приставно́й сту́лья, и пу́бликум бу́дет мне де́лать ein grosser Scandal, е́сли я отменю́ борьбу́. Чёрт побира́й! У меня́ потре́буют наза́д де́ньги и разлома́ть мой цирк на ма́ленькие кусо́чки! Schwamm druber! Я не хочу́ слу́шать глу́пости, я ничего́ не слы́шал и ничего́ не зна́ю!

И он вы́скочил из буфе́та, захло́пнув за собо́й тяжёлую дверь с тако́й си́лой, что рю́мки на сто́йке отозвали́сь то́нким, дребезжа́щим зво́ном.

He turned sharply away and walked quickly to the doors on his bandy legs, but at the last moment he stopped, turned to Arbuzov and suddenly, shaking with malice, his flabby cheeks jumping, his face crimson, his neck swollen and eyes popping, he shouted, gasping:

"Damn it all! Fatinitsa, the best horse in the circus, is dying!... That groom, the swine, the Russian monkey, gave my best horse too much water, and you go making stupid requests. The hell with it! Today is the last day of this idiotic Russian carnival. I don't even have enough extra seats. The public will make *ein grosser Scandal* if I postpone this fight. Damn it all! They'll demand their money back and smash my circus to smithereens! *Schwamm druber*! I don't want to hear nonsense. I have heard nothing, and I know nothing!"

And he left the cafeteria, slamming the heavy door behind him so hard that the glasses on the bar tinkled in response.

3

ПРОСТИ́ВШИСЬ С АНТО́НИО, Арбу́зов пошёл домо́й. На́до бы́ло до борьбы́ пообе́дать и постара́ться вы́спаться, что́бы хоть немно́го освежи́ть го́лову. Но опя́ть, вы́йдя на у́лицу, он почу́вствовал себя́ больны́м. У́личный шум и суета́ происходи́ли где-то далеко́-далеко́ от него́ и каза́лись ему́ таки́ми посторо́нними, ненастоя́щими, то́чно он рассма́тривал пёструю дви́жущуюся карти́ну. Переходя́ че́рез у́лицы, он испы́тывал о́струю боя́знь, что на него́ налетя́т сза́ди ло́шади и собью́т с ног.

Он жил недалеко́ от ци́рка в меблиро́ванных ко́мнатах. Ещё на ле́стнице он услы́шал за́пах, кото́рый всегда́ стоя́л в коридо́рах, – за́пах ку́хни, кероси́нового ча́да и мыше́й. Пробира́ясь о́щупью тёмным коридо́ром в свой но́мер, Арбу́зов всё ждал, что он вот-вот наткнётся впотьма́х на како́е-нибудь препя́тствие, и к э́тому чу́вству напряжённого ожида́ния нево́льно и мучи́тельно приме́шивалось чу́вство тоски́, поте́рянности, стра́ха и созна́ния своего́ одино́чества.

3

ARBUZOV TOOK LEAVE of Antonio and went home. He needed to eat before the fight, and try to get some sleep to clear his head, if only a bit. But as soon as he went outside he again felt ill. The noise and bustle of the street were distant. They seemed alien and unreal to him, as though he were watching a colorful moving picture. Crossing the street, he felt a sudden stab of fear that a horse would run up from behind and knock him down.

He lived in furnished rooms not far from the circus. As soon as he entered the building he was met by the odors that always hung in the hall: cooking, kerosene fumes, and mice. Feeling his way down the dark corridor, Arbuzov expected every minute to trip over some object, and his tense apprehension joined itself to his grief and terror, to the feeling of being lost, and the knowledge that he was alone.

Есть ему́ не хоте́лось, но когда́ сни́зу, из столо́вой "Эврика," принесли́ обе́д, он прину́дил себя́ съесть не́сколько ло́жек кра́сного борща́, отдава́вшего гря́зной ку́хонной тря́пкой, и полови́ну бле́дной волокни́стой котле́ты с морко́вным со́усом. По́сле обе́да ему́ захоте́лось пить. Он посла́л мальчи́шку за ква́сом и лёг на крова́ть.

И то́тчас же ему́ показа́лось, что крова́ть ти́хо заколыха́лась и попыла́ под ним, то́чно ло́дка, а сте́ны и потоло́к ме́дленно попо́лзли в противополо́жную сто́рону. Но в э́том ощуще́нии не́ было ничего́ стра́шного и́ли неприя́тного; наоборо́т, вме́сте с ним в те́ло вступа́ла всё сильне́е уста́лая, лени́вая, тёплая исто́ма. Закопте́лый потоло́к, изборо347дённый, то́чно жи́лами, то́нкими изви́листыми тре́щинами, то уходи́л далеко́ вверх, то надвига́лся совсе́м бли́зко, и в его́ колеба́ниях была́ расслабля́ющая дремо́тная пла́вность.

Где—то за стено́й греме́ли ча́шками, по коридо́ру бесперы́вно снова́ли торопли́вые, заглуша́емые половико́м шаги́, в окно́ широко́ и нея́сно нёсся у́личный гул. Все э́ти зву́ки до́лго цепля́лись, перегоня́ли друг дру́га, спу́тывались и вдруг, сли́вшись на не́сколько мгнове́ний, выстра́ивались в чуде́сную мело́дию, таку́ю по́лную, неожи́данную и краси́вую, что от неё станови́лось щеко́тно в груди́ и хоте́лось смея́ться.

Приподня́вшись на крова́ти, что́бы напи́ться, атле́т огляде́л свою́ ко́мнату. В густо́м лило́вом су́мраке зи́мнего ве́чера вся ме́бель предста́вилась ему́ совсе́м не тако́й, како́й он её привы́к до сих пор ви́деть: на ней лежа́ло стра́нное, зага́дочное, живо́е выраже́ние. И ни́зенький, призе́мистый, серьёзный комо́д, и высо́кий у́зкий шкап, с его́ делови́той, но чёрствой и насме́шливой нару́жностью, и доброду́шный кру́глый стол, и наря́дное, коке́тливое зе́ркало —

He had no appetite, but when dinner was brought to him from Eureka, the restaurant below, he forced himself to eat a few spoonfuls of red borsch, which tasted of dirty kitchen rags, and half of a pale, stringy cutlet with carrot sauce. After dinner he was thirsty. He sent the boy for some kvas and lay down on his bed.

Immediately the bed seemed to sway silently beneath him. It swam like a boat, while the walls and ceiling slowly crawled by in the other direction. But this was not a terrifying or unpleasant sensation; rather, it brought an intensification of the warm lassitude that had come over him earlier. The sooty ceiling, veined with thin, winding cracks, now rose far into the distance, now hovered close, rocking smoothly and drowsily.

Somewhere beyond his walls cups rattled, scurrying footsteps, muffled by carpet, whispered constantly in the corridor, the noise of the street was carried vaguely in through the window. All of these sounds tussled and chased one another until suddenly, flowing together, they united in a wondrous melody, so full, unexpected, and beautiful that he felt a flutter in his chest and wanted to laugh.

Raising himself in bed to take a drink, Arbuzov regarded his room. In the thick violet twilight of the winter evening, the furniture looked different: everything bore a strange, enigmatic, living expression. The squat, serious dresser, the tall skinny wardrobe with its businesslike but hard-boiled, mocking exterior, the kindhearted round table, and the fancy,

все они сквозь ленивую и томную дремоту зорко, выжидательно и угрожающе стерегли Арбузова.

"Значит, у меня лихорадка", – подумал Арбузов и повторил вслух:

– У меня лихорадка, – и его голос отозвался в его ушах откуда-то издалека слабым, пустым и равнодушным звуком.

Под колыхание кровати, с приятной сонной резью в глазах, Арбузов забылся в прерывистом, тревожном, лихорадочном бреде. Но в бреду, как и наяву, он испытывал такую же чередующуюся смену впечатлений. То ему казалось, что он ворочает со страшными усилиями и громоздит одна на другую гранитные глыбы с отполированными боками, гладкими и твёрдыми на ощупь, но в то же время мягко, как вата, поддающимися под его руками. Потом эти глыбы рушились и катились вниз, а вместо них оставалось что-то ровное, зыбкое, зловеще спокойное; имени ему не было, но оно одинаково походило и на гладкую поверхность озера, и на тонкую проволоку, которая, бесконечно вытягиваясь, жужжит однообразно, утомительно и сонно. Но исчезала проволока, и опять Арбузов воздвигал громадные глыбы, и опять они рушились с громом, и опять оставалась во всём мире одна только зловещая, тоскливая проволока. В то же время Арбузов не переставал видеть потолок с трещинами и слышать странно переплетающиеся звуки, но всё это принадлежало к чужому, стерегущему, враждебному миру, жалкому и неинтересному по сравнению с теми грёзами, в которых он жил.

Было уже совсем темно, когда Арбузов вдруг вскочил и сел на кровати, охваченный чувством дикого ужаса и нестерпимой физической тоски, которая начиналась от сердца, переставшего биться, наполняла всю грудь, подымалась до горла и сжимала

flirtatious mirror – they guarded him with vigilance, patience and menace in his languid torpor.

I must have a fever, Arbuzov thought.

"I have a fever," he said aloud, and his distant voice sounded weak, empty and indifferent in his ears.

In his rocking bed, with the pleasant dreaminess in his eyes, Arbuzov dozed intermittently in troubled delirium. But in sleep as in waking, the shifting sensations continued. First he felt he was toiling heavily, piling great granite blocks one on top of the other. Their polished sides were smooth and hard to the touch, but at the same time soft like cotton, and yielding to his hands. Then the blocks collapsed, and in their place was something flat, unsteady, ominously calm. It had no name but it resembled either the smooth surface of a lake, or, equally, a thin wire which, infinitely stretched, hummed an unchanging, weary note. But the wire disappeared, and he was again piling the enormous slabs, again they fell with a thunderous crash, and again nothing remained in the world but that menacing, melancholy wire. All the while he saw the cracked ceiling and heard the strangely intertwined sounds – but it all belonged to a different world, a watchful, hostile world, that seemed wretched and uninteresting in comparison with his visions.

It was dark when Arbuzov suddenly jumped up in bed, seized with a wild horror and an unbearable pain that began at his heart, which had ceased to beat, filled his chest, and rose to his throat, choking him. His lungs cried for air, but something inside stopped his breath. He opened his mouth,

его. Лёгким не хватало воздуху, что-то изнутри мешало ему войти. Арбузов судорожно раскрывал рот, стараясь вздохнуть, но не умел, не мог этого сделать и задыхался. Эти страшные ощущения продолжались всего три-четыре секунды, но атлету казалось, что припадок начался много лет тому назад и что он успел состариться за это время. "Смерть идёт!" – мелькнуло у него в голове, но в тот же момент чья-то невидимая рука тронула остановившееся сердце, как трогают остановившийся маятник, и оно, сделав бешеный толчок, готовый разбить грудь, забилось пугливо, жадно и бестолково. Вместе с тем жаркие волны крови бросились Арбузову в лицо, в руки и в ноги и покрыли всё его тело испариной.

В отворённую дверь просунулась большая стриженая голова с тонкими, оттопыренными, как крылья у летучей мыши, ушами. Это пришёл Гришутка, мальчишка, помощник коридорного, справиться о чае. Из-за его спины весело и ободряюще скользнул в номер свет от лампы, зажжённой в коридоре.

– Прикажете самоварчик, Никит Ионыч?

Арбузов хорошо слышал эти слова, и они ясно отпечатлелись в его памяти, но он никак не мог заставить себя понять, что они значат. Мысль его в это время усиленно работала, стараясь уловить какое-то необыкновенное, редкое и очень важное слово, которое он слышал во сне перед тем, как вскочить в припадке.

– Никит Ионыч, подавать, что ли, самовар-то? Седьмой час.

– Постой, Гришутка, постой, сейчас, – отозвался Арбузов, по-прежнему слыша и не понимая мальчишки, и вдруг поймал забытое слово: "Бумеранг". Бумеранг – это такая изогнутая, смешная деревяшка, которую в цирке на Монмартре бросали какие-то чёрные дикари, маленькие, голые, ловкие и мускулистые

gasping convulsively, but he couldn't draw in air. The terrible sensations lasted no more than three or four seconds, but it seemed to the athlete that the attack had begun many years ago, and that he had grown old during the course of it. *Death is coming*, flashed through his mind. But in that moment an invisible hand touched his stopped heart, as one might touch a pendulum that had fallen still, and with a ferocious kick that almost to broke open his chest, his heart resumed beating: fearfully, avidly, incoherently. Hot waves of blood flooded his face, hands and feet, covering his body with sweat.

A big, close-cropped head with thin ears protruding like bat's wings thrust itself through the open door. This was the boy, Grishutka, coming to ask him about tea. From behind him the lamplight slipped into the room from the corridor, cheerful and reassuring.

"Shall I bring the samovar, Nikita Ionovich?"

Arbuzov heard the words clearly, and they stood distinctly in his memory, but he could not make out their meaning. His mind was struggling to recall another word – something unusual and tremendously important, that had come to him in a dream just before his sudden attack.

"Nikita Ionovich, would you like me to bring the samovar? It's after six."

"Wait a moment, Grishutka, just a moment," answered Arbuzov, still not understanding the boy's words, and suddenly the forgotten word came to him: "boomerang." A boomerang was a funny piece of bent wood that some black natives had

челове́чки. И то́тчас же, то́чно освободи́вшись от пут, внима́ние Арбу́зова перенесло́сь на слова́ мальчи́шки, всё ещё звуча́вшие в па́мяти.

– Седьмо́й час, ты говори́шь? Ну, так неси́ скоре́е самова́р, Гри́ша.

Ма́льчик ушёл. Арбу́зов до́лго сиде́л на крова́ти, спусти́в на пол но́ги, и прислу́шивался, гля́дя в тёмные углы́, к своему́ се́рдцу, всё ещё би́вшемуся трево́жно и суетли́во. А гу́бы его́ ти́хо шевели́лись, повторя́я разде́льно всё одно́ и то же, порази́вшее его́, зву́чное, упру́гое сло́во:

– Бу–ме–ранг!

thrown in the circus at Montmartre. They were small men, naked, agile, and muscular. Released from its fetters, Arbuzov's attention instantly turned to the boy's words, still sounding in his mind.

"After six you say? Bring the samovar right away, Grisha."

The boy left. Arbuzov sat for a long time on his bed, his feet on the floor, gazing at the dark corners of the room and listening to his heart, which still beat tremulously. His lips moved quietly, repeating the syllables of that sonorous, supple word:

"Boo-me-rang!"

4

К ДЕВЯТИ ЧАСА́М Арбу́зов пошёл в цирк. Большеголо́вый мальчи́шка из номеро́в, стра́стный покло́нник цирково́го иску́сства, нёс за ним соло́менный сак с костю́мом. У я́рко освещённого подъе́зда бы́ло шу́мно и ве́село. Непреры́вно, оди́н за други́м, подъезжа́ли изво́зчики и по мановéнию руки́ вели́чественного, как ста́туя, городово́го, описа́в полукру́г, отъезжа́ли да́льше, в темноту́, где дли́нной верени́цей стоя́ли вдоль у́лицы са́ни и каре́ты. Кра́сные цирковы́е афи́ши и зелёные ано́нсы о борьбе́ виднéлись повсю́ду – по обе́им сторона́м вхо́да, о́коло касс, в вестибю́ле и коридо́рах, и везде́ Арбу́зов ви́дел свою́ фами́лию, напеча́танную грома́дным шри́фтом. В коридо́рах па́хло коню́шней, га́зом, тырсо́й, кото́рой посыпа́ют аре́ну, и обыкнове́нным за́пахом зри́тельных зал – смéшанным за́пахом но́вых ла́йковых перча́ток и пу́дры. Эти за́пахи, всегда́ немно́го волнова́вшие и возбужда́вшие Арбу́зова в вечера́ пе́ред борьбо́ю, тепе́рь боле́зненно и неприя́тно скользну́ли по его́ не́рвам.

За кули́сами, о́коло того́ прохо́да, из кото́рого выхо́дят на аре́ну арти́сты, висе́ло за про́волочной се́ткой освещённое га́зовым

4

AT NINE O'CLOCK Arbuzov headed for the circus. The big-headed boy from the rooming house, a passionate devotee of the circus arts, followed behind, carrying his costume in a straw bag. The brightly lit entrance was noisy and festive. An unbroken line of cabbies, one after another, drove up and, at a majestic wave from the statue-like policeman, circled back and continued into the darkness where a long queue of sledges and carriages lined the street. Red circus posters and green fight announcements were everywhere – on both sides of the entrance, near the ticket booth, in the vestibule and halls – and Arbuzov saw his name on all sides, in enormous letters. The corridors smelled of horses, gas, sand and sawdust, and the mixed scents of new kid gloves and powder common to all theaters. These odors had always stirred Arbuzov on the evening of a fight, but now they grated painfully on his nerves.

Behind the curtain, near the artists' entrance to the ring, hung a handwritten schedule for the evening, protected by wire netting and illuminated by gaslight. The typed headings read: "Arbeit.

рожко́м рукопи́сное расписа́ние ве́чера с печа́тными заголо́вками: "Arbeit. Pferd. Klown". Арбу́зов загляну́л в него́ с нея́сной и наи́вной наде́ждой не найти́ своего́ и́мени. Но во второ́м отделе́нии, про́тив знако́мого ему́ сло́ва "Kampf", стоя́ли напи́санные кру́пным, ка́тящимся вниз по́черком полугра́мотного челове́ка две фами́лии: Arbusow u. Roeber.

На аре́не крича́ли карта́выми, деревя́нными голоса́ми и хохота́ли идио́тским сме́хом кло́уны. Анто́нио Бати́сто и его́ жена́, Генрие́тта, дожида́лись в прохо́де оконча́ния но́мера. На обо́их бы́ли одина́ковые костю́мы из не́жно-фиоле́тового, расши́того золоты́ми блёстками трико́, отлива́вшего на сги́бах про́тив све́та шёлковым гля́нцем, и бе́лые атла́сные ту́фли.

Ю́бки на Генрие́тте не́ было, вме́сто неё вокру́г по́яса висе́ла дли́нная и ча́стая золота́я бахрома́, сверка́вшая при ка́ждом её движе́нии. Атла́сная руба́шечка фиоле́тового цве́та, наде́тая пря́мо пове́рх те́ла, без корсе́та, была́ свобо́дна и совсе́м не стесня́ла движе́ний ги́бкого то́рса. Пове́рх трико́ на Генрие́тте был набро́шен дли́нный бе́лый ара́бский бурну́с, мя́гко оттеня́вший её хоро́шенькую, черноволо́сую, сму́глую голо́вку.

– Et bien, monsieur Arboussoff? – сказа́ла Генрие́тта, ла́сково улыба́ясь и протя́гивая из-под бурну́са обнажённую, то́нкую, но си́льную и краси́вую ру́ку. – Как вам нра́вятся на́ши но́вые костю́мы? Это иде́я моего́ Анто́нио. Вы придёте на мане́ж смотре́ть наш но́мер? Пожа́луйста, приходи́те. У вас хоро́ший глаз, и вы мне прино́сите уда́чу.

Подоше́дший Анто́нио дружелю́бно похло́пал Арбу́зова по плечу́.

– Ну, как дела́, мой голю́бушка? All right! Я держу́ за вас пари́ с Винче́нцо на одна́ буты́лка конья́к. Смотри́те же!

Pferd. Klown." Arbuzov scanned it with a vague, naïve hope of not seeing his own name. But there it was, in the second half, next to the familiar word "Kampf," in a big, sloping, semi-literate hand: Arbusow u. Roeber.

The guttural cries and idiotic laughter of the clowns sounded in the ring. Antonio Batisto and his wife, Henrietta, waited in the wings. They wore identical, tight fitting, lilac-colored, gold- sequined costumes that shone like silk at the bends in their limbs, and white satin slippers.

Instead of a skirt, a long, thick gold fringe encircled Henrietta's waist, glittering with her every move. Her lilac satin tunic, which she wore without a corset, was loose fitting, allowing her flexible torso to move freely. Over her costume she had thrown a long, white, hooded cloak which gently offset her pretty, dark head.

"*Et bien, monsieur Arboussoff?*" she said, smiling with affection and holding out from under her burnous a bare, thin, but strong and shapely arm. "How do you like our new costumes? They were my Antonio's idea. Will you come watch our act? Please do. You have a good eye. You'll bring me good luck."

Antonio gave Arbuzov a friendly clap on the shoulder.

"Well, how are things, my dear? *All right!* I bet Vincenzo one bottle of cognac on you. Don't lose!"

По цирку прокати́лся смех, и затреща́ли аплодисме́нты. Два кло́уна с бе́лыми ли́цами, вы́мазанными чёрной и мали́новой кра́ской, вы́бежали с аре́ны в коридо́р. Они́ то́чно позабы́ли на свои́х ли́цах широ́кие, бессмы́сленные улы́бки, но их гру́ди по́сле утоми́тельных са́льто–морта́ле дыша́ли глубоко́ и бы́стро. Их вы́звали и заста́вили ещё что–то сде́лать, пото́м ещё раз и ещё, и то́лько когда́ му́зыка заигра́ла вальс и пу́бликаути́хла, они́ ушли́ в убо́рную, о́ба по́тные, как–то сра́зу опусти́вшиеся, разби́тые уста́лостью.

Не за́нятые в э́тот ве́чер арти́сты, во фра́ках и в пантало́нах с золоты́ми лампа́сами, бы́стро и ло́вко опусти́ли с потолка́ большу́ю се́тку, притяну́в её верёвками к столба́м. Пото́м они́ вы́строились по о́бе сто́роны прохо́да, и кто–то отдёрнул за́навес. Ла́сково и коке́тливо сверкну́в глаза́ми из–под то́нких сме́лых брове́й, Генрие́тта сбро́сила свой бурну́с на ру́ку Арбу́зову, бы́стрым же́нским привы́чным движе́нием попра́вила во́лосы и, взя́вшись с му́жем за́ руки, грацио́зно вы́бежала на аре́ну. Сле́дом за ни́ми, переда́в бурну́с ко́нюху, вы́шел и Арбу́зов.

В тру́ппе все люби́ли смотре́ть на их рабо́ту. В ней, кро́ме красоты́ и лёгкости движе́ний, изумля́ло цирковы́х арти́стов доведённое до невероя́тной то́чности чу́вство те́мпа – осо́бенное, шесто́е чу́вство, вряд ли поня́тное где–нибудь, кро́ме бале́та и ци́рка, но необходи́мое при всех тру́дных и согласо́ванных движе́ниях под му́зыку. Не теря́я да́ром ни одно́й секу́нды и соразмеря́я ка́ждое движе́ние с пла́вными зву́ками ва́льса, Анто́нио и Генрие́тта прово́рно подняли́сь под ку́пол, на высоту́ ве́рхних рядо́в галере́и. С ра́зных концо́в ци́рка они́ посыла́ли пу́блике возду́шные поцелу́и: он, си́дя на трапе́ции, она́, сто́я на лёгком табуре́те, оби́том таки́м же фиоле́товым а́тласом, како́й

Laughter rolled through the circus, then applause erupted. The two clowns, their white faces streaked with black and crimson, ran offstage. They seemed to have forgotten the wide, empty grins they wore, and their chests heaved from their strenuous somersaulting. They were called back into the ring again and again, and not until the music began to play a waltz and the audience settled down did they go off to the dressing rooms, sweaty and exhausted.

The artists who were not performing that night, in tail coats and pants with a gold stripe on the side, quickly and expertly dropped a great net from the ceiling, which they tied to the pillars. Then they lined up on either side of the entrance, and the curtain was opened. Her eyes sparkling kindly and coquettishly beneath her fine, bold brows, Henrietta tossed her cloak to Arbuzov, fixed her hair in a quick, typically feminine gesture and, taking her husband's hand, ran gracefully into the ring. Arbuzov followed after them, handing the cloak to a groom.

Everyone in the troupe loved to watch the couple work. In addition to the beauty and lightness of her movement, Henrietta amazed the other artists with her precision and rhythmic sense – a sixth sense, rarely recognized anywhere but in the ballet and the circus, that is essential for difficult, coordinated movements performed to music. In perfect time with the waltz, Antonio and Henrietta nimbly ascended under the dome to the height of the top rows of the balcony. From opposite sides of the circus they blew kisses to the audience, he sitting on a trapeze, she standing on a light stool covered in

был на её руба́шке, с золото́й бахромо́й на края́х и с инициа́лами А и В посреди́не.

Всё, что они́ де́лали, бы́ло одновреме́нно, согла́сно и, по-ви́димому, так легко́ и про́сто, что да́же у цирковы́х арти́стов, гляде́вших на них, исчеза́ло представле́ние о тру́дности и опа́сности э́тих упражне́ний. Опроки́нувшись всем те́лом наза́д, то́чно па́дая в се́тку, Анто́нио вдруг повиса́л вниз голово́й и, уцепи́вшись нога́ми за стальну́ю па́лку, начина́л раска́чиваться взад и вперёд. Генрие́тта, сто́я на своём фиоле́товом возвыше́нии и держа́сь вы́тянутыми рука́ми за трапе́цию, напряжённо и выжида́тельно следи́ла за ка́ждым движе́нием му́жа и вдруг, пойма́в темп, отта́лкивалась от табуре́та нога́ми и лете́ла навстре́чу му́жу, выгиба́ясь всем те́лом и вытя́гивая наза́д стро́йные но́ги. Её трапе́ция была́ вдво́е длинне́е и де́лала вдво́е бо́льшие разма́хи: поэ́тому их движе́ния то шли паралле́льно, то сходи́лись, то расходи́лись...

И вот, по како́му-то не заме́тному ни для кого́ сигна́лу, она́ броса́ла па́лку свое́й трапе́ции, па́дала ниче́м не подде́рживаемая вниз и вдруг, скользну́в рука́ми вдоль рук Анто́нио, кре́пко сплета́лась с ним кисть за кисть. Не́сколько секу́нд их тела́, связа́вшись в одно́ ги́бкое, си́льное те́ло, пла́вно и широко́ кача́лись в во́здухе, и атла́сные ту́фельки Генрие́тты черти́ли по по́днятому вверх кра́ю се́тки; зате́м он перевора́чивал её и опя́ть броса́л в простра́нство, как раз в тот моме́нт, когда́ над её голово́ю пролета́ла бро́шенная е́ю и всё ещё кача́ющаяся трапе́ция, за кото́рую она́ бы́стро хвата́лась, что́бы одни́м разма́хом вновь перенести́сь на друго́й коне́ц ци́рка, на свой фиоле́товый табуре́т.

После́дним упражне́нием в их но́мере был полёт с высоты́. Шталме́йстеры подтяну́ли трапе́цию на бло́ках под са́мый ку́пол ци́рка вме́сте с сидя́щей на ней Генрие́ттой. Там, на семиса́женной

the same lilac satin as her tunic, with gold fringe on the edges and the initials A.B. in the center.

All of their movements were exquisitely synchronized and seemed so effortless that even the circus artists watching forgot the difficulty and danger of the things they did. Throwing his body backward as if falling into the net, Antonio suddenly hung upside down and, hooking his legs over the steel bar, began to swing back and forth. Henrietta, standing on her violet platform and holding the trapeze with outstretched arms, intently watched her husband's every move, then suddenly, catching the rhythm, pushed off with her feet and flew to meet him, arching her whole body and stretching her strong legs behind. Her trapeze was twice as long and described a wider arc, so they swung in shifting relationships, sometimes parallel, sometimes toward one another, sometimes apart.

Suddenly, at an imperceptible signal, she released her trapeze, fell through the air and, sliding her hands along Antonio's arms, tightly intertwined her wrists with his. For a few seconds they were a single agile, strong body, swinging smoothly through the air, and Henrietta's satin slippers grazed the raised edge of the net; then he turned her around and threw her once more into space, just at the moment when her still swooping trapeze passed overhead. She seized it and, in a single sweep, flew to the other end of the circus to land again on her lilac stool.

The final trick in their act was the great fall. Using a pulley, the stage hands drew the trapeze, with Henrietta seated on it, up into the very dome. At that vast height, she carefully shifted

высоте, артистка осторожно перешла на неподвижный турник, почти касаясь головой стёкол слухового окна. Арбузов смотрел на неё, с усилием подымая вверх голову, и думал, что, должно быть, Антонио кажется ей теперь сверху совсем маленьким, и у него от этой мысли кружилась голова.

Убедившись, что жена прочно утвердилась на турнике, Антонио опять свесился головой вниз и стал раскачиваться. Музыка, игравшая до сих пор меланхолический вальс, вдруг резко оборвала его и замолкла. Слышалось только однотонное, жалобное шипение углей в электрических фонарях. Жуткое напряжение чувствовалось в тишине, которая наступила вдруг среди тысячной толпы, жадно и боязливо следившей за каждым движением артистов...

– Pronto! – резко, уверенно и весело крикнул Антонио и бросил вниз, в сетку, белый платок, которым он до сих пор, не переставая качаться взад и вперёд, вытирал руки. Арбузов увидел, как при этом восклицании Генриетта, стоявшая под куполом и державшаяся обеими руками за проволоки, нервно, быстро и выжидательно подалась всем телом вперёд.

– Attenti! – опять крикнул Антонио.

Угли в фонарях тянули всё ту же жалобную однообразную ноту, а молчание в цирке становилось тягостным и грозным.

– Allez! – раздался отрывисто и властно голос Антонио.

Казалось, этот повелительный крик столкнул Генриетту с турника. Арбузов увидел, как в воздухе, падая стремглав вниз и крутясь, пронеслось что–то большое, фиолетовое, сверкающее золотыми искрами. С похолодевшим сердцем и с чувством внезапной раздражающей слабости в ногах атлет закрыл глаза и открыл их только тогда, когда, вслед за радостным, высоким,

over to stand on an unmoving horizontal bar, her head nearly touching the glass of the skylight. Arbuzov watched, lifting his head with difficulty. From way up there, he mused, Antonio must seem tiny to her. The thought made his head spin.

When he was certain that his wife was securely on the bar, Antonio once more dropped upside down and began to swing. The music, which had been playing a melancholy waltz, fell suddenly silent. The only sound was the monotonous, plaintive hissing of the electric lights. Exquisite suspense filled the silence that had fallen on the crowd, as it watched the artists' every move with eagerness and dread.

"*Pronto!*" cried Antonio, sharply, confidently, and cheerfully. Into the net he dropped a white handkerchief, which he had used up to now, swinging all the while, to wipe his hands. Arbuzov saw that at his cry Henrietta, standing under the dome and holding the wires with both hands, leaned forward nervously and expectantly.

"*Attenti!*" Antonio cried.

The filaments in the lights continued to sound their monotonous, plaintive note, and the silence in the circus became agonizing.

"*Allez!*" his voice rang out, abrupt and commanding.

The call seemed to launch Henrietta from her bar. Arbuzov saw something lilac-colored fall headlong and spinning through the air, sparkling with gold. With a chill in his heart and sudden weakness in his legs, the athlete closed his eyes.

гортанным криком Генриетты, весь цирк вздохнул шумно и глубоко, как великан, сбросивший со спины тяжкий груз. Музыка заиграла бешеный галоп, и, раскачиваясь под него в руках Антонио, Генриетта весело перебирала ногами и била ими одна о другую. Брошенная мужем в сетку, она провалилась в неё глубоко и мягко, но тотчас же, упруго подброшенная обратно, стала на ноги и, балансируя на трясущейся сетке, вся сияющая неподдельной, радостной улыбкой, раскрасневшаяся, прелестная, кланялась кричащим зрителям... Накидывая на неё за кулисами бурнус, Арбузов заметил, как часто подымалась и опускалась её грудь и как напряжённо бились у неё на висках тонкие голубые жилки...

He didn't open them until, at the sound of Henrietta's glad, high, guttural cry, the entire circus sighed loudly and deeply, like a giant releasing a heavy burden from its shoulders. The music began a wild galop and, swinging in Antonio's arms, Henrietta merrily beat time with her feet. Then he dropped her into the net where she softly vanished but was instantly thrown back up and, balancing on the trembling ropes, glowing with a joyful smile, flushed and lovely, bowed to the shouting crowd... When he placed her cloak over her shoulders in the wings, Arbuzov noticed the quick rise and fall of her chest, and the intense beating of the fine veins in her temples...

5

ЗВОНО́К ПРОЗВОНИ́Л АНТРА́КТ, и Арбу́зов пошёл в свою́ убо́рную одева́ться. В сосе́дней убо́рной одева́лся Ребе́р. Арбу́зову сквозь широ́кие ще́ли на́скоро сколо́ченной перегоро́дки бы́ло ви́дно ка́ждое его́ движе́ние. Одева́ясь, америка́нец то напева́л фальши́вым баско́м како́й–то моти́в, то принима́лся насви́стывать и и́зредка обме́нивался со свои́м тре́нером коро́ткими, отры́вистыми слова́ми, раздава́вшимися так стра́нно и глу́хо, как бу́дто бы они́ выходи́ли из са́мой глубины́ его́ желу́дка. Арбу́зов не знал англи́йского языка́, но ка́ждый раз, когда́ Ребе́р смея́лся, и́ли когда́ интона́ция его́ слов станови́лась серди́той, ему́ каза́лось, что речь идёт о нём и о его́ сего́дняшнем состяза́нии, и от зву́ков э́того уве́ренного, ква́кающего го́лоса им всё сильне́е овладева́ло чу́вство стра́ха и физи́ческой сла́бости.

Сняв ве́рхнее пла́тье, он почу́вствовал хо́лод и вдруг задрожа́л кру́пной дро́жью лихора́дочного озно́ба, от кото́рой затрясли́сь его́ но́ги, живо́т и пле́чи, а че́люсти гро́мко застуча́ли одна́ о другу́ю. Что́бы согре́ться, он посла́л Гришу́тку в буфе́т за коньяко́м.

5

THE BELL RANG for intermission, and Arbuzov went to his dressing room to change. In the next room, Reber was getting ready. Through wide gaps in the hurriedly constructed partition, Arbuzov could see his opponent's every move. As he dressed, the American alternately sang a tune in an off-key bass and whistled, occasionally exchanging with his trainer short, abrupt words that sounded strange and muffled, as if they emerged from the depths of his stomach. Arbuzov didn't understand English, but whenever Reber laughed, or when his intonation became angry, it seemed to Arbuzov that he was the topic, that they were speaking of today's fight. At the sounds of that confident, croaking voice, he was even more overwhelmed by feelings of terror and weakness.

Having removed his outer shirt, he felt cold and was suddenly seized by the violent shivering of a fever-chill. His legs, torso and shoulders shook, and his teeth chattered loudly. To warm up, he sent Grisha to the buffet for cognac. The liquor calmed and warmed him a bit, but he felt, spreading through his whole body,

Коньяк несколько успокоил и согрел атлета, но после него, так же как и утром, по всему телу разлилась тихая, сонная усталость.

В уборную поминутно стучали и входили какие-то люди. Тут были кавалерийские офицеры, с ногами, обтянутыми, точно трико, тесными рейтузами, рослые гимназисты в смешных узеньких шапках и все почему-то в пенсне и с папиросами в зубах, щеголеватые студенты, говорившие очень громко и называвшие друг друга уменьшительными именами. Все они трогали Арбузова за руки, за грудь и за шею, восхищались видом его напруженных мускулов. Некоторые ласково, одобрительно похлопывали его по спине, точно призовую лошадь, и давали ему советы, как вести борьбу. Их голоса то звучали для Арбузова откуда-то издали, снизу, из-под земли, то вдруг надвигались на него и невыносимо болезненно били его по голове. В то же время он одевался машинальными, привычными движениями, заботливо расправляя и натягивая на своём теле тонкое трико и крепко затягивая вокруг живота широкий кожаный пояс.

Заиграла музыка, и назойливые посетители один за другим вышли из уборной. Остался только доктор Луховицын. Он взял руку Арбузова, нащупал пульс и покачал головой:

– Вам теперь бороться – чистое безумие. Пульс как молоток, и руки совсем холодные. Поглядите в зеркало, как у вас расширены зрачки.

Арбузов взглянул в маленькое наклонное зеркало, стоявшее на столе, и увидел показавшееся ему незнакомым большое, бледное, равнодушное лицо.

– Ну, всё равно, доктор, – сказал он лениво и, поставив ногу на свободный стул, стал тщательно обматывать вокруг икры тонкие ремни от туфли.

the same quiet, drowsy weariness that had come over him that morning.

People were continually knocking and coming into the dressing room. Cavalry officers, their legs in breeches snug as tights; strapping gymnasts in funny, narrow hats, all of them, for some reason, with pince-nezes and cigarettes between their teeth; vain students, talking loudly and using endearments with one another. They all touched Arbuzov's arms, chest, and neck, expressing their amazement at the sight of his flexed muscles. A few clapped him on the back tenderly and approvingly, as though he were a prize horse, and offered advice for the impending fight. At times their voices seemed to Arbuzov to come from somewhere far off, deep underground; at other times they closed in and pounded unbearably in his head. Meanwhile, he dressed with mechanical, habitual movements, carefully straightening and pulling the thin, stretchy fabric over his body and tightening his wide leather belt around his waist.

The music began and the persistent visitors left the dressing room one at a time. Only Dr. Lukhovitsyn remained. He took Arbuzov's hand, felt his pulse, and shook his head.

"It's pure madness for you to fight right now. Your pulse is hammering and your hands are ice cold. Look in the mirror and see how dilated your pupils are."

Arbuzov glanced in the small, tilted mirror on the table at a big, pale, indifferent, and unfamiliar looking face.

"It doesn't matter, doctor," he said lazily. Placing his foot on a free chair, he began carefully winding his narrow shoelaces around his calves.

Кто–то, пробегая быстро по коридору, крикнул поочерёдно в двери обеих уборных:

– Monsieur Ребер, monsieur Арбузов, на манеж!

Непобедимая истома вдруг охватила тело Арбузова, и ему захотелось долго и сладко, как перед сном, тянуться руками и спиной. В углу уборной были навалены большой беспорядочной кучей черкесские костюмы для пантомимы третьего отделения. Глядя на этот хлам, Арбузов подумал, что нет ничего лучше в мире, как забраться туда, улечься поуютнее и зарыться с головой в тёплые, мягкие одежды.

– Надо идти, – сказал он, подымаясь со вздохом. – Доктор, вы знаете, что такое бумеранг?

– Бумеранг? – с удивлением переспросил доктор. – Это, кажется, такой особенный инструмент, которым австралийцы бьют попугаев. А впрочем, может быть, вовсе и не попугаев... Так в чём же дело?

– Просто вспомнилось... Ну, пойдёмте, доктор.

У занавеса в дощатом широком проходе теснились завсегдатаи цирка – артисты, служащие и конюхи; когда показался Арбузов, они зашептались и быстро очистили ему место перед занавесом. Следом за Арбузовым подходил Ребер. Избегая глядеть друг на друга, оба атлета стали рядом, и в эту минуту Арбузову с необыкновенной ясностью пришла в голову мысль о том, как дико, бесполезно, нелепо и жестоко то, что он собирается сейчас делать. Но он также знал и чувствовал, что его держит здесь и заставляет именно так поступать какая–то безыменная беспощадная сила. И он стоял неподвижно, глядя на тяжёлые складки занавеса с тупой и печальной покорностью.

Someone ran quickly through the corridor, calling into each dressing room:

"Monsieur Reber, Monsieur Arbuzov, to the ring!"

An overpowering lassitude suddenly came over Arbuzov, and he wanted to stretch his arms and back long and sweetly, as if he were going to sleep. In the corner of the dressing room a bunch of Circassian costumes for the third act pantomime had been thrown in a careless heap. He looked at the pile of rags and thought there could be nothing better in the world than to go over there, lie down comfortably, and bury his head in the thick, soft clothing.

"Got to go," he said, rising with a sigh. "Doctor, do you know what a boomerang is?"

"A boomerang?" the doctor repeated in surprise. "I believe it's a special implement that the Australians use to kill parrots. Or maybe it's not parrots... Why?"

"I just remembered... Well, let's go, doctor."

In the wide planked passageway by the curtain was a crowd of circus regulars: performers, employees and grooms. When they saw Arbuzov they began whispering and quickly cleared a path for him. Reber followed directly behind Arbuzov. Avoiding each other's eyes, the athletes stood side by side, and in that moment it came to Arbuzov with unusual clarity just how savage, useless, absurd and cruel this thing was that he was about to do. But he knew just as clearly that he was held here, compelled to do that very thing by some nameless, irresistible force. He stood motionless, looking at the heavy folds of the curtain in dull, sad submission.

– Гото́во? – спроси́л све́рху, с музыка́нтской эстра́ды, чей–то го́лос.

– Гото́во, дава́й! – отозвали́сь внизу́.

Послы́шался трево́жный стук капельме́йстерской па́лочки, и пе́рвые та́кты ма́рша понесли́сь по ци́рку весёлыми, возбужда́ющими, ме́дными зву́ками. Кто–то бы́стро распахну́л за́навес, кто–то хло́пнул Арбу́зова по плечу́ и отры́висто скома́ндовал ему: "Allez!" Плечо́ о плечо́, ступа́я с тяжёлой самоуве́ренной гра́цией, по–пре́жнему не гля́дя друг на дру́га, борцы́ прошли́ ме́жду двух рядо́в вы́строившихся арти́стов и, дойдя́ до среди́ны аре́ны, разошли́сь в ра́зные сто́роны.

Оди́н из шталме́йстеров та́кже вы́шел на аре́ну и, став ме́жду атле́тами, на́чал чита́ть по бума́жке с си́льным иностра́нным акце́нтом и со мно́жеством оши́бок объявле́ние о борьбе́.

– Сейча́с состои́тся борьба́, по ри́мско–францу́зским пра́вилам, ме́жду знамени́тыми атле́тами и борца́ми, господи́ном Джо́ном Ребе́ром и господи́ном Арбу́зовым. Пра́вила борьбы́ заключа́ются в том, что борцы́ мо́гут как уго́дно хвата́ть друг дру́га от головы́ до по́яса. Побеждённым счита́ется тот, кто коснётся двумя́ лопа́тками земли́. Цара́пать друг дру́га, хвата́ть за́ ноги и за во́лосы и души́ть за ше́ю – запреща́ется. Борьба́ э́та – тре́тья, реши́тельная и после́дняя. Поборо́вший своего́ проти́вника получа́ет приз в сто рубле́й... Пе́ред нача́лом состяза́ния борцы́ подаю́т друг дру́гу ру́ки, как бы в ви́де кля́твенного обеща́ния, что борьба́ бу́дет вести́сь и́ми че́стно и по всем пра́вилам.

Зри́тели слу́шали его́ в тако́м напряжённом, внима́тельном молча́нии, что каза́лось, бу́дто ка́ждый из них уде́рживает дыха́ние. Вероя́тно, э́то был са́мый жгу́чий моме́нт во всём ве́чере – моме́нт нетерпели́вого ожида́ния. Ли́ца побледне́ли, рты

"Ready?" asked a voice from the musicians' platform up above.

"Ready. Go!" came the answer from below.

There was an urgent tapping from the conductor's baton, and the first bars of a march rang out, cheerful, stirring, and brazen. The curtain was thrown swiftly open. Someone clapped Arbuzov on the shoulder and abruptly commanded, "*Allez!*" Shoulder to shoulder, stepping with a heavy, confident grace, avoiding each other's gaze as before, the combatants passed between two rows of artists standing in formation and, arriving in the center of the ring, parted, moving in opposite directions.

One of the grooms also entered the ring. Standing between the athletes, he began to read, in a strong foreign accent and with many mistakes, the proclamation.

"The following fight will be conducted according to the rules of Franco-Roman wrestling. The match will be between the renowned athletes and wrestlers, Mr. John Reber and Mr. Arbuzov. The rules are as follows: the fighters may use any grip they would like from the head to the belt. Whoever touches the ground with both shoulder blades will be the loser. Scratching, grabbing by the legs or hair, and choking are forbidden. This is the third, final, and deciding bout. The victor will receive a prize of 100 rubles. Before the match commences, the combatants will shake hands as a promise to fight honestly, according to the rules."

The audience listened to him in tense, attentive silence. Nobody breathed. This moment of suspense was the most excruciating point of the evening. Faces were pale, mouths

полураскры́лись, го́ловы вы́двинулись вперёд, глаза́ с жа́дным любопы́тством прикова́лись к фигу́рам атле́тов, неподви́жно стоя́вших на брезе́нте, покрыва́вшем песо́к аре́ны.

Оба́ борца́ бы́ли в чёрном трико́, благодаря́ кото́рому их ту́ловища и но́ги каза́лись то́ньше и стройне́е, чем они́ бы́ли в са́мом де́ле, а обнажённые ру́ки и го́лые ше́и – масси́внее и сильне́е. Ребе́р стоя́л, слегка́ вы́двинув вперёд но́гу, упира́ясь одно́й руко́й в бок, в небре́жной и самоуве́ренной по́зе, и, заки́нув наза́д го́лову, обводи́л глаза́ми ве́рхние ряды́. Он знал по о́пыту, что симпа́тии галере́и бу́дут на стороне́ его́ проти́вника, как бо́лее молодо́го, краси́вого, изя́щного, а гла́вное, нося́щего ру́сскую фами́лию борца́, и э́тим небре́жным, споко́йным взгля́дом то́чно посыла́л вы́зов разгля́дывавшей его́ толпе́. Он был сре́днего ро́ста, широ́кий в плеча́х и ещё бо́лее широ́кий к та́зу, с коро́ткими, то́лстыми и кривы́ми, как ко́рни могу́чего де́рева, нога́ми, длинноруки́й и сго́рбленный, как больша́я, си́льная обезья́на. У него́ была́ ма́ленькая лы́сая голова́ с бычча́чьим заты́лком, кото́рый, начина́я от маку́шки, ро́вно и пло́ско, без вся́ких изги́бов, переходи́л в ше́ю, так же как и ше́я, расширя́ясь кни́зу, непосре́дственно слива́лась с плеча́ми. Этот стра́шный заты́лок нево́льно возбужда́л в зри́телях сму́тное и боязли́вое представле́ние о жесто́кой, нечелове́ческой си́ле.

Арбу́зов стоя́л в той обы́чной по́зе профессиона́льных атле́тов, в кото́рой они́ снима́ются всегда́ на фотогра́фиях, то есть со скрещёнными на груди́ рука́ми и со втя́нутым в грудь подборо́дком. Его́ те́ло бы́ло беле́е, чем у Ребе́ра, а сложе́ние почти́ безукори́зненное: ше́я выступа́ла из ни́зкого вы́реза трико́ ро́вным, кру́глым, мо́щным стволо́м, и на ней держа́лась свобо́дно и легко́ краси́вая, рыжева́тая, ко́ротко остри́женная голова́ с

half open, heads thrust forward, and eyes riveted with avid curiosity on the figures of the athletes standing motionless on the tarp that covered the sand-strewn floor of the ring.

Both fighters wore black unitards that made their torsos and legs appear thinner and shapelier than they actually were, and their bare arms and necks even more massive and powerful. Reber stood with one foot slightly forward, one hand resting on his side in a careless, confident pose. With his head thrown back he surveyed the highest rows. He knew from experience that sympathies there would be with his opponent, who was younger, more attractive, more elegant, and who, above all, bore a Russian name, and his casual, calm glance was like a challenge to the crowd as it scrutinized him. He was of medium height, wide shouldered and even wider in the pelvis, with short, thick legs, crooked like the roots of a mighty tree, and long arms. He was hunched like a huge, powerful monkey. The back of his head, small, bald, and beefy, flowed without interruption into his neck, which, widening at the bottom, merged just as seamlessly with his shoulders. That terrible pate involuntarily aroused in viewers a vague and fearful premonition of cruel, inhuman strength.

Arbuzov had assumed the pose typical of all professional athletes standing for a photograph: his arms were crossed on his chest and his chin drawn in. His body was whiter than Reber's, and his physique was impeccable. His neck rose from the low cut fabric, even, round, and powerful as the trunk of a tree; above it his attractive, auburn-haired, close-cropped

низким лбом и равнодушными чертами лица. Грудные мышцы, стиснутые сложенными руками, обрисовывались под трико двумя выпуклыми шарами, круглые плечи отливали блеском розового атласа под голубым сиянием электрических фонарей.

Арбузов пристально глядел на читающего шталмейстера. Один только раз он отвёл от него глаза и обернулся на зрителей. Весь цирк, сверху донизу наполненный людьми, был точно залит сплошной чёрной волной, на которой, громоздясь одно над другим, выделялись правильными рядами белые круглые пятна лиц. Каким-то беспощадным, роковым холодом повеяло на Арбузова от этой чёрной, безличной массы. Он всем существом понял, что ему уже нет возврата с этого ярко освещённого заколдованного круга, что чья-то чужая, огромная воля привела его сюда и нет силы, которая могла бы заставить его вернуться назад. И от этой мысли атлет вдруг почувствовал себя беспомощным, растерянным и слабым, как заблудившийся ребёнок, и в его душе тяжело шевельнулся настоящий животный страх, тёмный, инстинктивный ужас, который, вероятно, овладевает молодым быком, когда его по залитому кровью асфальту вводят на бойню.

Шталмейстер кончил и отошёл к выходу. Музыка опять заиграла отчётливо, весело и осторожно, и в резких звуках труб слышалось теперь лукавое, скрытое и жестокое торжество. Был один страшный момент, когда Арбузову представилось, что эти вкрадчивые звуки марша, и печальное шипение углей, и жуткое молчание зрителей служат продолжением его послеобеденного бреда, в котором он видел тянущуюся перед ним длинную, монотонную проволоку. И опять в его уме кто-то произнёс причудливое название австралийского инструмента.

head with its low brow and indifferent features moved freely and lightly. The muscles of his chest, compressed by his crossed arms, bulged distinctly beneath the fabric of his costume; his round shoulders shone like pink satin in the blue glow of the electric lights.

Arbuzov gazed fixedly at the groom while the latter read the proclamation. Only once did he divert his eyes and face the audience. The whole circus, brimful with people, seemed to be flooded by a single black wave, on which he could just discern, heaped one atop the other, straight rows of round white blotches. A merciless, fateful chill swept over Arbuzov from that faceless black mass. He understood with all his being that there was no return now from this brightly lit, enchanted ring, that some vast will other than his own had brought him here, and there was no force that could bring him back. And with that thought he suddenly felt powerless, bewildered, and weak as a lost child. Animal terror stirred heavily in his soul – the dark, instinctive horror that the young bull must feel when it is led down the bloody pavement to the bull-ring.

The groom finished reading and moved to the exit. The music began again, clear, bright and precise, but the harsh notes of the horns now sang out with sly, cruel triumph. For a terrible moment it seemed to Arbuzov that the insinuating sounds of the march, the sad hissing of the lights, and the terrible silence of the crowd were all a continuation of his earlier delirium, in which a long, bleak wire had stretched before him. And once more, a voice in his head spoke the strange name of that Australian weapon.

До сих пор, однако, Арбузов надеялся на то, что в самый последний момент перед борьбой в нём, как это всегда бывало раньше, вдруг вспыхнет злоба, а вместе с нею уверенность в победе и быстрый прилив физической силы. Но теперь, когда борцы повернулись друг к другу и Арбузов в первый раз встретил острый и холодный взгляд маленьких голубых глаз американца, он понял, что исход сегодняшней борьбы уже решён.

Атлеты пошли друг к другу навстречу. Ребер приближался быстрыми, мягкими и упругими шагами, наклонив вперёд свой страшный затылок и слегка сгибая ноги, похожий на хищное животное, собирающееся сделать скачок. Сойдясь на середине арены, они обменялись быстрым, сильным рукопожатием, разошлись и тотчас же одновременным прыжком повернулись друг к другу лицами. И в отрывистом прикосновении горячей, сильной, мозолистой руки Ребера Арбузов почувствовал такую же уверенность в победе, как и в его колючих глазах.

Сначала они пробовали захватить друг друга за кисти рук, за локти и за плечи, вывёртываясь и уклоняясь в то же время от захватов противника. Движения их были медленны, мягки, осторожны и расчётливы, как движения двух больших кошек, начинающих играть. Упираясь виском в висок и горячо дыша друг другу в плечи, они постоянно переменяли место и обошли кругом всю арену. Пользуясь своим высоким ростом, Арбузов обхватил ладонью затылок Ребера и попробовал нагнуть его, но голова американца быстро, как голова прячущейся черепахи, ушла в плечи, шея сделалась твёрдой, точно стальной, а широко расставленные ноги крепко упёрлись в землю. В то же время Арбузов почувствовал, что Ребер изо всех сил мнёт пальцами его бицепсы, стараясь причинить им боль и скорее обессилить их.

Up to now, Arbuzov had trusted that at the very last moment his anger would flare up, as it always had before, bringing with it certainty of victory and a sudden flood of physical strength. But now, as the fighters turned to face each other, and Arbuzov first met the sharp, cold expression in the American's small, blue eyes, he knew that the outcome of today's battle was already decided.

The fighters approached each other. Reber moved with brisk, soft, bouncy steps, his terrible head thrust forward, his legs slightly bent, like a predator about to spring. Meeting in the center of the ring, they exchanged a quick, strong handshake, moved apart, and with simultaneous leaps, turned towards each other. In the brief touch of Reber's hot, powerful, calloused hand, Arbuzov sensed the same sureness of victory he had seen in his sharp eyes.

At first they tried to seize each other by the wrists, elbows and shoulders, each evading the other's attempts and twisting from his grasp. Their movements were slow, soft, careful, and calculated, like two big cats beginning to play. Leaning temple to temple and breathing loudly into one another's shoulders, they continually changed places, circling the entire ring. Making use of his height, Arbuzov seized the back of Reber's head with his palm and tried to force him down, but the American's head retreated swiftly into his shoulders like a turtle, his neck hardened into steel, and his legs, set wide, dug into the ground. At the same time, Arbuzov felt Reber's fingers dig into his biceps in an attempt to cause pain and weaken him.

Так они ходили по арене, едва переступая ногами, не отрываясь друг от друга и делая медленные, точно ленивые и нерешительные движения. Вдруг Ребер, поймав обеими руками руку своего противника, с силой рванул её на себя. Не предвидевший этого приёма, Арбузов сделал вперёд два шага и в ту же секунду почувствовал, что его сзади опоясали и подымают от земли сильные, сплётшиеся у него на груди руки. Инстинктивно, для того чтобы увеличить свой вес, Арбузов перегнулся верхней частью туловища вперёд и, на случай нападения, широко расставил руки и ноги. Ребер сделал несколько усилий притянуть к своей груди его спину, но, видя, что ему не удастся поднять тяжёлого атлета, быстрым толчком заставил его опуститься на четвереньки и сам присел рядом с ним на колени, обхватив его за шею и за спину.

Некоторое время Ребер точно раздумывал и примеривался. Потом искусным движением он просунул свою руку сзади, под мышкой у Арбузова, изогнул её вверх, обхватил жёсткой и сильной ладонью его шею и стал нагибать её вниз, между тем как другая рука, окружив снизу живот Арбузова, старалась перевернуть его тело по оси. Арбузов сопротивлялся, напрягая шею, шире расставляя руки и ближе пригибаясь к земле. Борцы не двигались с места, точно застыв в одном положении, и со стороны можно было подумать, что они забавляются или отдыхают, если бы не было заметно, как постепенно наливаются кровью их лица и шеи и как их напряжённые мускулы всё резче выпячиваются под трико. Они дышали тяжело и громко, и острый запах их пота был слышен в первых рядах партера.

И вдруг прежняя, знакомая физическая тоска разрослась у Арбузова около сердца, наполнила ему всю грудь, сжала судорожно за горло, и всё тотчас же стало для него скучным,

They circled the arena this way, barely shifting their feet, never separating. Their slow movements seemed almost lazy, indecisive. All at once, Reber caught his opponent's arm in both hands and yanked it to him. Taken by surprise, Arbuzov stumbled forward and felt himself lifted off the ground as Reber's strong arms encircled him from behind, his fingers laced across Arbuzov's chest. Arbuzov instinctively increased his weight by bending the upper half of his torso forward, spreading his feet and hands in case of a fall. Reber made an attempt to pull him back, but seeing that his opponent's weight was too much for him, gave him a quick push, causing Arbuzov to land on all fours. Kneeling alongside him, Reber grasped him by the neck and back.

For a while Reber seemed to consider. Then with a sudden move, he expertly thrust his arm back under Arbuzov's armpit, bent it upward, gripped his neck with a cruel, strong palm, and began to press down. With his other arm, which still encircled Arbuzov's waist, he tried to turn him over. Arbuzov resisted, tensing his neck, setting his hands farther apart, and bending closer to the ground. The fighters remained motionless, as though frozen in this position. An onlooker might have thought that they were playing or resting, had it not been for the blood that gradually flooded their faces and necks, and the outlines of their straining muscles bulging ever more sharply under the tight fabric. Their breath was heavy and loud, and the sharp smell of their sweat wafted to the front rows of the audience.

All at once, the weariness that had come over him earlier flooded Arbuzov's heart. It filled his chest and gripped him spasmodically by the throat. Suddenly, everything was dull,

пустым и безразличным: и медные звуки музыки, и печальное пение фонарей, и цирк, и Ребер, и самая борьба. Что—то вроде давней привычки ещё заставляло его сопротивляться, но он уже слышал в прерывистом, обдававшем ему затылок дыхании Ребера хриплые звуки, похожие на торжествующее звериное рычание, и уже одна его рука, оторвавшись от земли, напрасно искала в воздухе опоры. Потом и всё его тело потеряло равновесие, и он, неожиданно и крепко прижатый спиной к холодному брезенту, увидел над собой красное, потное лицо Ребера с растрёпанными, свалявшимися усами, с оскаленными зубами, с глазами, искажёнными безумием и злобой...

Поднявшись на ноги, Арбузов, точно в тумане, видел Ребера, который на все стороны кивал головой публике. Зрители, вскочив с мест, кричали как исступлённые, двигались, махали платками, но всё это казалось Арбузову давно знакомым сном – сном нелепым, фантастическим и в то же время мелким и скучным по сравнению с тоской, разрывавшей его грудь. Шатаясь, он добрался до уборной. Вид сваленного в кучу хлама напомнил ему что—то неясное, о чём он недавно думал, и он опустился на него, держась обеими руками за сердце и хватая воздух раскрытым ртом.

Внезапно, вместе с чувством тоски и потери дыхания, им овладели тошнота и слабость. Всё позеленело в его глазах, потом стало темнеть и проваливаться в глубокую чёрную пропасть. В его мозгу резким, высоким звуком – точно там лопнула тонкая струна – кто—то явственно и раздельно крикнул: бу-ме-ранг! Потом всё исчезло: и мысль, и сознание, и боль, и тоска. И это случилось так же просто и быстро, как если бы кто дунул на свечу, горевшую в тёмной комнате, и погасил её...

empty and meaningless to him: the brazen sounds of the music, the sad humming of the lights, the circus, Reber, even the fight itself. Some long-established habit made him continue to do battle, but he already heard in Reber's uneven breathing on his neck the hoarse, animal snarls of triumph, and one of Arbuzov's hands, wrenched from the ground, grasped vainly at the air for some support. Then his body lost its balance, and with his back pressed firmly and unexpectedly to the cold tarp, he saw above him Reber's red and sweaty face, disheveled mustache, bared teeth, and eyes filled with madness and malice...

When he stood up, Arbuzov saw Reber as if through a fog, acknowledging the public in all directions. The audience was on its feet in a frenzy of shouting, movement, waving handkerchiefs. But it all seemed like a long-familiar dream to him – an absurd, fantastical dream, and at the same time trivial and dull compared to the grief tearing his chest. He reeled to the dressing room. The pile of rags in the corner vaguely reminded him of something – something he had thought about not long ago – and he dropped down on it, clutching his heart with both hands and gasping, open-mouthed, for air.

At once the grief and shortness of breath were joined by nausea and weakness. His vision went green, then it darkened and was swallowed up by a deep black abyss. In his head a voice as sharp and high as the twang of a breaking violin string cried out distinctly, "boo-me-rang!" Then everything vanished: thought, consciousness, pain, and grief. It happened as simply and swiftly as blowing out a candle in a dark room.

Other fiction from Russian Life books

Faith & Humor: Notes from Muscovy, by Maya Kucherskaya

A book that dares to explore the humanity of priests and pilgrims, saints and sinners, *Faith & Humor* has been both a runaway bestseller in Russia and the focus of heated controversy – as often happens when a thoughtful writer takes on sacred cows. The stories, aphorisms, anecdotes, dialogues and adventures in this volume comprise an encyclopedia of modern Russian Orthodoxy, and thereby of Russian life. *Translated by Alexei Bayer* • **$16**

Fish: A History of One Migration, by Peter Aleshkovsky

This mesmerizing novel about the life journey of a selfless Russian everywoman was shortlisted for the prestigious Russian Booker Prize. Expansive, gripping, often controversial, *Fish* is a story about the intimate fallout of imperial collapse, from one of modern Russia's most important writers. *Translated by Nina Shevchuk-Murray* • **$16**

The Little Golden Calf, by Ilya Ilf and Yevgeny Petrov

This is the first unabridged, uncensored English translation ever of this classic novel, and is the only version that is 100% true to the author's original version of the novel. Anne O. Fisher's award-winning translation (Best Translation from any Slavonic language in 2010) is copiously annotated, and includes an introduction by Alexandra Ilf, the daughter of one of the book's two co-authors. *Translated by Anne O. Fisher* • **$20**

Life Stories

A wonderful collection of original works by 19 leading Russian writers, translated by leading Russian-to-English translators. These are life-affirming stories of love, family, hope, rebirth, mystery and imagination. (All profits from sales go to benefit hospice care in Russia.) **$25**

All titles available at russianlife.com, amazon.com
and in the Kindle and iBooks stores.